おれは一万石

大殿の顔

千野隆司

双葉文庫

目次

那珂湊

高浜

秋津河岸

霞ヶ浦

北浦

鹿島灘

利根川

小浮村

高岡藩

高岡藩陣屋

飯貝根

酒々井宿

銚子

外川

東金

久保田河岸

↑白沢・柳林・阿久津河岸へ

▲筑波山

下妻藩

鯉川

関宿

小貝川

鬼怒川

粕壁

野田

牛久

取手

流山
三郷

柏

川口

松戸

木颪

白井

鎌ヶ谷

萩原村

隅田川

江戸城

行徳

印旛沼

日本橋行徳

新川

小名木川

江戸川

おもな登場人物

井上正紀……高岡藩井上家世子。

竹腰睦群……美濃今尾藩藩主。正紀の実兄。

山野辺蔵之助……高積見廻り与力で正紀の親友。

植村仁助……正紀の供侍。今尾藩から高岡藩に移籍。

井上正国……高岡藩藩主。尾張藩藩主・徳川宗睦の実弟。

京……正国の娘。正紀の妻。

佐名木源三郎……高岡藩江戸家老。

佐名木源之助……佐名木の嫡男。

濱口屋幸右衛門……深川伊勢崎町の老舗船問屋の主人。

井尻又十郎……高岡藩勘定頭。

青山太平……高岡藩徒士頭。

松平定信……陸奥白河藩藩主。老中首座。

松平信明……吉田藩藩主。老中。老中首座定信の懐刀。

井上正森……高岡藩先代藩主。

おれは一万石
大殿の顔

前章　法事の客

一

　海鳴りが、早朝の浜に響いてくる。弓形の水平線に囲まれて、彼方からの潮風が少し湿り気を帯びていた。空には数羽の白い海鳥が、鳴き声を上げて飛んでいる。

　四月初旬の光を浴びた海が眩しい。

　下総銚子の飯貝根にある漁師の集落に住む泰造は、自前の舟に八つ手網などの漁のための道具を載せた。いつもは六十二歳になる父親の泰吉と漁に出る。泰造と泰吉は、生まれながらの漁師だ。鰯や鰹、鮪、秋刀魚などを獲ってきた。

　元は網元甲子右衛門の網子だったが、泰吉と力を合わせて自前の舟を手に入れた。女房は亡くしたが、家には十三歳になる娘おやすと十一歳の倅一太があった。

　泰吉は二日前から風邪で寝込んでいる。

「もう歳だ。無理はさせられねえ」

と思っていた。昔はたくましく見えたが、今はだいぶ老けた。力仕事も勘働きも、できなくなった。

「おれが踏ん張るしかねえ」

　この数か月、不漁だった鰯が戻ってきた。黒潮の流れが激しい銚子沖は、小舟では出られない。鰯漁はあきらめていたが、状況が変わってきた。

「今日も、鰯がたっぷり獲れるぞ」

　漁師仲間の磯吉が声をかけてきた。上機嫌だ。傍に綱次郎と豊次の顔もあった。昼飯までは一人で漁をし、その後は四人で八つ手網を使って鰯漁をする。

　四人とも、自前の舟を持っている者たちだ。漁について相談し、力を貸し合う。獲れた鰯は、〆粕作りの松岸屋へ卸した。

　一人一人で卸すよりも、まとめた方が高値で売れる。漁の中で、助け合うことも多々あった。

　磯吉は泰造の二つ下の三十七歳で、綱次郎は三十四歳、豊次は三十一歳だ。自然と

一番年上の泰造が、兄貴格だった。四人のうち泰造と豊次は、数年前までは網元甲子右衛門の船に乗っていた。

磯吉と綱次郎は、自前の舟を持つときに、銭を借りた。四人とも舟持ちとはいっても、甲子右衛門傘下の漁師といってよかった。

四人は、家族ぐるみで昵懇の間柄だ。

「鰯が獲れなかった間は、どうなるかと思った。他の魚が獲れたからどうにか食えたが、鰯が消えたのは大きかった」

「まったくだ。この調子ならば、前のように獲れるだろう」

綱次郎と豊次が言った。二人はほっとした顔を、海に向けた。四人は一年に、合わせて〆粕百俵から百五十俵分の鰯を獲っていた。〆粕の値に多少の上下はあるにしても、二十両前後が実入りになった。四人で分けてもおおむね五両程度にはなる。鰯だけで得られる実入りとして、これは大きかった。

それぞれ、銭が欲しい事情がある。鰯が獲れない間は、辛かった。ほっとしたのは、綱次郎と豊次だけではない。

銚子は東廻り海運と利根水運の寄港地として栄えた。さらに水上輸送の中継地といううだけでなく、醬油の産地としても、江戸だけでなく関八州にその名を知られた。

しかし泰造ら漁師は、銚子は魚の町だと思っている。生で食べたり干物にして内陸

に運んだりするが、それだけではない。

魚油は安価な照明用の油になった。

「おれたちは、魚で儲けてやる」

と思っている。板子一枚下は地獄といわれているが、命を懸けて漁に当たる覚悟を持っていた。

「そこでなんだが、獲れた鰯の卸先を、もう一度考え直すわけにはいかねえだろうか」

口にしたのは磯吉だった。

「波崎屋（はさき）に替えてえ、という話だな」

泰造は、不機嫌そうに答えた。

「そ、そうだけどよ。悪い話じゃねえ」

豊次が返した。他の者たちも頷（うなず）いた。ただ強くは言えない。これまで何度も話をしてきて、替えないと決めたからだ。

「これまでの値の、二割増しで引き取ってくれるっていう話だ。しかも今年だけじゃねえ。これからもずっとだ」

波崎屋は、江戸に本店（ほんだな）がある干鰯〆粕魚油問屋である。

銚子には出店（でだな）があって、江

鰯は干鰯（ほしか）や〆粕などに加工され、肥料になっ

戸店の主人五郎兵衛の倅太郎兵衛が主人として、この地で仕入れを行っていた。しかし太郎兵衛は、銚子役所の高崎藩士内橋庄作らと組んで、千俵の〆粕と二百樽の魚油を奪おうとしてしくじった。

指図したのは郡奉行納場帯刀と波崎屋五郎兵衛に違いないが、二人はそれを否認した。太郎兵衛と内橋らが、死罪になった。

波崎屋は過料を取られるだけで済んだ。納場は、三十日の蟄居となった。納場は近く、お役御免になるらしい。

太郎兵衛が不祥事を起こしたことは、銚子中に知られた。波崎屋は、少なくない仕入れ先を失った。

そこへ五郎兵衛の次男で次太郎という者が、出店の主人として銚子へやって来た。次太郎の歳は二十三歳だが、兄に劣らぬやり手だと言われている。

数日前のことだ。次太郎は四人の家を廻って、鰯の仕入れをしたいと言ってきた。今後、これまでの二割増しで仕入れるという話には、皆が驚いた。磯吉には娘の嫁入りがあり、綱次郎には病の親がおり、豊次は借金して手に入れた舟の利息払いがある。気持ちは分からなくはないが、泰造は反対だった。

磯吉と綱次郎、豊次の三人は、波崎屋の話に乗りたいと考えている。気持ちは分からなくはないが、泰造は反対だった。

「おれたちは、親の代から松岸屋や甲子右衛門さんには世話になってきた。不漁の折には、暮らしのための銭を貸してもらった。違うか」

「……」

「それがちょっとばかり銭になるからといって、卸先を替えるなどできねえだろう」

「義理を欠いたら、万一の場合に助け船は来ない。それで磯吉らは納得したのだった。

「この話は、もう何度もした。決まった話じゃねえか」

蒸し返してきたことに、腹が立っていた。それが声の響きに出たのが、自分でも分かった。

「そうだな」

「分かったよ」

泰造の強い言葉に、三人は頷いた。本音としては波崎屋に乗り替えたいのだろうが、泰造の言うことにも得心がゆくのだろう。

「では、舟を出そう」

四人は舟に乗り込んだ。四人は舟を並べて進むこともあるが、別々の漁場に出ることもある。

泰造が艫を漕いでゆくと、他の舟は瞬く間に小さくなった。頃合いよしと見たとこ

ろで、漁を始める。まずまずの獲れ高だ。

半刻（一時間）ほど漁をしたところで、艪の音が近づいてくるのに気が付いた。顔を上げると、侍と町人が乗った舟が目に入った。

艪を握っているのは町人で、二人とも顔に布を巻いていた。陸から、こちらを目指してやって来る。周辺に、他の舟はなかった。

「何だ」

驚きで、動かしていた手を止めた。

船端が擦れ合うほどに近づいた。けれども向こうの舟の二人は、何も言わない。侍の方が腰の刀に手を触れた。

「わっ」

慌てて舟を離そうとしたが、侍が刀を抜いた方が速かった。疾風があった。身を守るすべもない。

肩から胸に衝撃があって、それで泰造は意識を失った。

沖合の漁場にいた網元甲子右衛門の船は、場所を移るべく船首の向きを変えていた。

先月大怪我をした末吉だが、昨日から船に乗った。一人前の漁はまだできないが、体

を慣らすつもりだった。波崎屋と納場たちの陰謀を暴きたくて、動きを追った。それで斬られたのだ。

末吉は船首に立って、海に目をやっている。波に揺られ外海の潮風に当たっていると、漁師としての勘が戻ってくる気がした。

見えるのは大きな弓形を描く海原だ。どこまでも青い。

「おや」

彼方に、陸方面に船首を向けた小舟が漕がれてゆくのに気が付いた。乗っているのは侍と町人だ。ただ遠いので顔は分からない。

珍しいが、海釣りにでも出てきたのかと考えた。だから気にも留めなかった。次の漁場に着いた。漁が始まった。漁師は十一人乗っている。末吉はまだ、竿や網に手を触れさせることはない。沖の彼方に目を向けた。

するとまた、海上に船影を見つけた。漁師が使う小舟だが、誰も乗っていない。どきりとした。

漁師の舟で、誰も乗らないなどは考えられない。艫綱が外れた場合はありそうだが、漁師の舟に限ってそれはない。漁師にとって舟は命だ。念を入れて艫綱をかける。船上に漁の網は見えてもそれはない。漁師にとって舟は命だ。念を入れて艫綱をかける。船上に漁の網は見えても誰もいないとなれば、海に落ちた虞があるということだ

った。すぐに船頭に伝えた。

「うむ。すぐにおかしいな」

そのままにはできない。どこの誰の舟であろうと、海上でことがあったら救うのが漁師たちの掟になっていた。

漁を中断させ、小舟に近づいた。目を凝らすと、人が倒れているのが見えた。

「おおっ」

船を寄せ、乗り移った。倒れていたのは、漁師の泰造だった。肩から斜めに、ばっさりやられていた。鮮血が、船底を濡らしている。一目で死んでいるのが分かった。

骸を乗せたまま小舟を曳いて、飯貝根の船着場へ戻った。

「殺ったのは、侍と町人が乗った小舟だと思います」

末吉は、少し前に陸に向かう舟を見たことを船頭に告げた。殺しだから、漁師たちだけでは手に負えない。銚子役所へ知らせた。

知らせを聞いた泰造の娘のおやすと倅の一太が駆けつけてきた。風邪で臥せっていたという父親の泰吉も、よろよろとした足取りで出てきた。

一家が嘆く姿を、末吉は見ていられなかった。

知らせを受けた銚子役所では、役人が飯貝根の浜を訊いて回った。しかし末吉が言った、町人と侍が乗った舟を見かけた者は現れなかった。

もう一つの漁師の集落がある外川でも聞き込みをしたが、やはり目撃者はいなかった。

銚子湊へも足を向けたが、舟が多くて調べようがなかった。

その日の夕方、役人の一人が甲子右衛門の家へやって来て聞き込みの仔細を告げた。

二

寛政二年（一七九〇）四月八日は晴天だった。日向にいると、汗ばむほどだ。

下総高岡藩一万石の世子井上正紀は、藩主正国の正室和と、妻女の京、それに江戸家老の佐名木源三郎ら一部の重臣と、井上家の菩提寺丸山浄心寺に赴いた。この日は、高岡藩四代藩主正鄰の命日で、身内だけの法要が行われることになっていた。

正鄰は、寛保三年（一七四三）閏四月八日に亡くなった。現藩主正国の先々代藩主となる。正国がこの場にいないのは、参勤交代を済ませて国許へ帰っているからだ。

境内の樹木は、青葉に彩られている。日差しが若葉を照らして眩しいほどだった。

そろそろ八つ（午後二時）になる。

「お声掛けした方の中で、まだお見えにならない方がおられます」

江戸勘定頭の井尻又十郎が言った。不満をそのまま顔に出している。法事はそろそろ始まる。来ると伝えられている井上正森が姿を見せていない。不満をそのまま顔に出している。来ると伝えられている井上正森が

井尻はこの法事の、実質的な差配をしていた。

「正森様だな」

佐名木が言った。やれやれ、といった様子でため息をついた。正森は神出鬼没だ。来ると言ったら来るが、それがいつになるかは分からない。

高岡藩の先代藩主である。正森は正鄰の実弟で、兄の跡を継いで、高岡藩井上家五代藩主となった。三十年前の宝暦十年（一七六〇）に五十一歳で隠居した。今は八十一歳で、病のために国許高岡で療養しているとご公儀には届け出ていた。

しかしこの正森という老人、なかなかの食わせ者だった。歳に似合わず、身体堅固で小野派一刀流の達人である。江戸には孫ほどの歳の女房代わりのお鹲がいて、下総銚子には、娘といっていい歳の千代という女子に「旦那さま」と呼ばれていた。どちらも美形で、達者な爺さんだった。

銚子にいる千代は甥の作左衛門と共に、松岸屋という屋号で〆粕と魚油の製造と販売を行っている。江戸へ運ばれた〆粕と魚油や干物を売るのが、お鴇とその弟の蔦造だった。

正森は、本来いなければならない高岡にはたまに顔を見せるだけで、江戸のお鴇と銚子の千代との間を、単独で行ったり来たりしている。〆粕と魚油商いに関して、実質的な指図をしていた。

銚子の海は、鰯の産地である。この鰯から拵えられる干鰯、〆粕、魚油は、関八州の各地に運ばれて売られた。松岸屋は繁盛していて、金の面では困っていなかった。

前藩主でありながら、正森は隠居後、高岡藩とはほとんど関わらぬまま過ごしてきた。たびたびあった藩の苦境の折も、まったく知らぬふりだった。井尻はそれが不満なので、正森に対する見方は冷ややかだった。

「正森様には、お知らせしたのだな」

「もちろんでございます。深川南六間堀町のお鴇殿を通して、お伝えしてあります」

佐名木の問いに、井尻が答えた。命日は分かっている。この日の八つの鐘を合図に始めると伝えてあった。

「ならばもう少し待とう」

正紀は答えた。

当主正国不在の折、先代藩主も不在のまま法事を始めることはできない。正国の正室和は、正森の実の娘だ。和も承知しないだろう。

正紀は、美濃今尾藩三万石竹腰家の次男として生まれた。今は亡き父勝起は、尾張藩八代藩主宗勝の八男だった。したがって尾張徳川家の当主宗睦は、正紀にとっては伯父に当たる。また高岡藩の当主正国は宗勝の十男で、高岡藩井上家に婿に入った。

高岡藩一万石井上家は小藩ながら、正国、正紀と二代にわたって尾張徳川家の分家る濃い血を受けた者が婿に入った。もとをただせば遠江浜松藩六万石井上家の分家だが、今は尾張一門といっていい状況となった。

正森は、婿ではなく井上家の血筋だ。二代にわたって尾張から婿が入ったことを、面白くないと思っている節があった。

高岡藩の苦境に力を貸さなかったのは、そのためではないかという考えがある。本来高岡の陣屋にいなければならない正森が、江戸と銚子を行き来しているという事実は、藩としては極秘のことである。三月の初めまでは、正紀や佐名木さえも知らなかった。

〆粕や魚油商いに関わっているなども、知ったときには仰天した。そこでは小浮森

蔵と名乗っていた。

高岡藩の財政は高岡河岸の活用や大奥御年寄滝川の拝領町屋敷の運用などによって、年貢とは別の実入りを得られるようになった。藩財政は立ち直りつつあったのだが、それでもまだ万全とはいえない。奏者番のお役を辞した正国は、参勤交代を行わなくてはならなかった。

これには、多くの費用が掛かる。省略したいところだが、軍役なので武具を調えた、規定の人数での行列を行わなくてはならない。宿泊や食事の費えも馬鹿にならないものだった。帰国は何とか済ませることができたが、八月の出府は費用の調達ができていなかった。

金がなくて参勤交代ができないでは、藩は笑いものになる。それだけではなく、大名としてあるまじきこととして、減封になるのは必定だった。一万石の高岡藩は、一石でも減封となれば大名ではなくなる。

そこで正紀は、折からの鰯の不漁を材料にして、〆粕相場で資金を得ようとした。これには悪意を持った競争相手が現れて難渋したが、どうにか九両の利を得た。しかしそれでも、まだおよそ三十両が足りなかった。

正紀は金策に当たっているが、作れないままだった。

「この度の法要には、できるだけ金子をかけずに行いたく存じます」

出費には、井尻が細部にまで目を光らせた。

「まだ正森様は、おいでになりませぬ」

やや非難の混じった声で、正紀は和に伝えた。すでに九条袈裟に身を包んだ住職は、読経の支度を調えている。

「大殿様は、必ずお見えになる。まだ八つの鐘は鳴ってはいないではないか」

不機嫌そうに返された。

正森は不審だらけの老人だが、義理は欠かさない。元藩主の法事には、必ず顔を出していた。

五十一歳で隠居を申し出たのは、病が原因ではない。本人が言い出して、浜松藩本家も止めたが聞き入れなかった。理由は様々推量されたが、本人は語らなかった。

尾張徳川家からの婿入りで正国に遠慮をしたとか、貧乏藩に嫌気が差したとか噂されたが、真偽のほどは分からないままだった。

正紀は先月の〆粕相場の一件で、初めて正森と近くで接した。漁師たちに対しては、口数少ない強面ではあったが、相手の心情を汲み入れる姿勢があった。網元甲子右衛門を通して、漁師を守る働きをした。それは意外だった。

これまでと見方が変わった。とはいえ、正紀は正森に対して全幅の信頼を寄せるようになったわけではなかった。

そもそも高岡にいなければならない身でありながら、江戸や銚子を行き来している。身勝手でありえない動きだ。ご公儀に知れた場合に、高岡藩がどうなるか、まったく考えていない。

それに対して、正国や和だけでなく佐名木までもがはっきりした態度を取らないことに、正紀は不満を感じていた。

山門のあたりが騒がしくなっていた。見ると深編笠の侍が現れたところだった。

「お見えになりました」

佐名木家の跡取り源之助が知らせに来た。正森が本堂の所定の座に腰を下ろすと、見計らったように八つの鐘が鳴った。法会が始まった。

威儀を正した住職らが現れ、法会がぎりぎりでやって来た正森だったが、焼香と合掌には心がこもっていた。実兄ということか。

法会が済むと、正森は和と少しばかり話をした。話の内容は、正紀には分からない。挨拶だけはした。

けだった。正森はその座にいったんは着いたが、すぐに帰った。

その後、ささやかな清めの席が持たれた。酒のつまみは塩と木の実、香の物などだ

源之助は、正紀付きの藩士植村仁助と、浄心寺山門で警固についていた。遅れてい

刻がわずかに戻る。

る正森を案内する役目もあった。

「困りますね、もう少しゆとりを持って来てほしいですね」

植村が言った。源之助はまだ部屋住みだが、佐名木家の跡取りなので、植村は下手

に出た物言いをする。植村は巨漢で、剣術はからきしだが膂力だけはあった。正紀

に従って、竹腰家から井上家に移った。

下士ではあるが、植村も正森が高岡にいないことを知っていた。

深編笠を被った正森が姿を見せて、すぐに庫裏へ案内をする。だがこのとき、源之

助はちらと表の通りに目をやった。だいぶ離れたところに、十七、八歳くらいとおぼ

しい部屋住みふうの侍を目にした。

離れていたので、通りかかっただけだと初めは思った。しかし正森を庫裏まで案内

した後で山門まで戻ると、通りかかった中間が先の部屋住みふうの侍に話しかけら

れていた。

不審に感じた源之助は、門前に近づいた。すると気付いた部屋住みふうは、行って
しまった。

「何を問われたのか」

尋ねた。門番役の中間は、気まずそうな顔をした。問いかけられた折に、どうやら
おひねりを受け取ってしまったらしかった。

「どこの御家の法事かと」

「答えたのだな」

「はあ」

八つ鷹羽の家紋のついた提灯を下げている。調べれば分かることだから、これに
ついては中間を責めるつもりはなかった。

「他には」

「後から入った方は、どなたかと問われました」

「話したのか」

「いえ、正森様だというのは、顔を見て分かりました。話す前に源之助様が見えられ
て、行ってしまいました」

得体の知れない者に告げなかったのは、幸いだった。門番役の中間には口止めをし

て、父と正紀には伝えることにした。

第一章　〆粕商い

一

　法事の清めの席を終えた後、正紀は源之助から、正森の後をつけてきた部屋住みふうの侍の話を聞いた。

「それきり、姿を現していないのだな」

「はい」

「それについては、注意をして山門前と周辺の道を見てきたとか。

「何者でしょうか」

　源之助が続けた。

「正森様をつけ狙う者であろうか」

「波崎屋か、納場の手の者ではないでしょうか」

銚子の波崎屋出店主人太郎兵衛と銚子役所に詰める高崎藩士内橋庄作他二名は、松岸屋の〆粕千俵と魚油二百樽を、江戸へ運ぶ船上で奪おうとした。しかししくじって実行した者たちは捕らえられ、死罪となった。

波崎屋主人の五郎兵衛は、倅と銚子の仕入れ先を失った。商人（あきんど）としての信用もなくした。

郡奉行の納場は三十日間の蟄居を命じられ、その後は高崎城下へ戻され一切の役を奪われると聞いた。

その原因となった正森と松岸屋には、逆恨みには違いないが、大きな怒りと深い恨みがあるはずだった。

正森は、小浮森蔵と名乗って松岸屋の〆粕と魚油商いに関わっている。しかし小浮森蔵が井上正森であるとは、知らないはずだった。

「小浮森蔵が何者か、知ろうとしてつけてきて、浄心寺へ来たのか。あるいは他の意図があったのか、気になるところだな」

ただすでに周辺にいない以上、確かめようがない。

「それにしても、大殿様を部屋住みふうの侍が調べたのは、腑に落ちません」

波崎屋は浪人者を雇うことができても、高崎藩士の出入りはない。納場の配下が江戸にいるならば別だが、今の納場に近寄る者や力を貸す者はいないはずだった。

家禄が減らされなかったのが、せめてものことだといわれている。

「ならば波崎屋らの他に、正森様を探りたい者がいるのか」

得体の知れない正森だから、他にも何か敵があってもおかしいとは思えない。だが

そういう影は、今のところ浮かんでいない。

この件について、屋敷に戻ってから正紀は佐名木に話した。

「つい先日のことですので、やはり納場や波崎屋の息がかかった者ではないかと」

「そうとしか考えられぬか」

「納場や波崎屋にしたら、小浮森蔵とは何者かと、不審に思ってもおかしくはありませんからな」

「なるほど。何を調べようとしたのであろうか」

「素性を知った上で、弱みを探すのでしょう」

小浮が正森だと知られたら、面倒だと佐名木は言っていた。

「うむ。敵を攻めるには、それが大事だな」

正森は国許にいなければならない立場だから、それが江戸や銚子に出没していれば、

井上家はお上を謀（たばか）る藩となる。減封はもちろん、改易さえ見込まれた。尾張でも守れないだろう。

高岡藩存亡の危機となる。もちろん正紀が病と偽って密かに江戸を出る行為も許されないが、それについてはまだ怪しまれていない。

佐名木の危惧は、もっともだった。探ろうとする者がいるならば、藩邸周辺には注意を払わなければならない。

それから半月近くの間、高岡藩上屋敷周辺に不審な者は現れなかった。あれは何者だったかと気になるが、そのままにするしかなかった。

正紀は、正国出府の金子ができないか思いつくところを改めて当たった。しかし無駄足になっただけだった。高利貸しでは、後々高岡藩の首を絞める。貸し手を選ぶとなると、身動きができなくなった。

先の〆粕相場では、十両近い利を得た。しかしその後、〆粕相場がどうなったか気になった。

町の店頭まで植村を調べに行かせたが、このところは下がっていると伝えられた。

「鰯が、銚子の海に戻ったようです」

真偽のほどは分からない。ただ正国出府の費用が調わない今、金子を得られる機会があるならば、何かしないではいられない気持ちだった。

そこで正紀は、松岸屋の品を商うお鴇に会ってみようと思った。〆粕相場の、今後を訊いてみたい。関われるのならば、関わりたいのが本音だ。

正森は相手にしないだろうが、お鴇は話してくれるのではないかと思った。

深川南六間堀町のお鴇の住まいへ、正紀は向かった。

「ようこそお越しくださいました」

予想通りお鴇は、愛想よく迎え入れてくれた。先月の〆粕と魚油の輸送で、力になっている。しかし申し訳なさそうな顔で続けた。

「あいにく旦那さまは、五日ほど前に江戸を発ちました」

これは仕方がない。〆粕と魚油商いについて訊きたいと告げると、奥の部屋へ通された。

「その後、値動きは、いかがであろうか」

鰯を肥料にするとはいっても、干鰯と〆粕は違うものだ。干鰯は鰯を干して肥料にするもので、〆粕は鰯を茹でて魚油を絞った残りかすをいう。

松岸屋は、〆粕と魚油を中心に商っていた。

「鰯が銚子の漁場に戻ったのは、間違いありません。それは江戸にも伝わって、今は十貫が銀二十四匁まで下がりました。さらに下がると思われます」

「そうですか」

力が抜けた。話を聞いて、淡い希望は消えた。

「〆粕で、利を得たかったのでございますね」

がっかりしたのを、お鴇は見透かしたようだ。情けない話だが、認めないわけにはいかない。つい頷いてしまった。

もともとお鴇は、高岡藩の苦境については気付いている様子だった。正森から聞いているのだろう。

だからこそ、先月は〆粕相場で儲けさせてくれた。

「ならば相場ではなく、本物の〆粕を扱う商いをなさってはいかがでしょうか」

言われてどきりとした。侍が商いをするなど、聞いたことがない。

「だが待てよ」

正紀は考えた。

高岡河岸にしても相場にしても、自分は商人のまねごとをして、数々の急場を凌いできた。今さら驚くことは、ないではないか。

「できるでしょうか」

「商いの元手がおありで、商人になりきることができるならば」

実際にどうすればいいかは、これでは分からない。

そもそも商いの元手など、高岡藩にはなかった。〆粕の仕入れにしても、販路にしても、こちらで拵えてゆかねばならない。その部分で力を貸すとは言わなかった。

「商人になりきる」

というのは、そういうことなのだと受け取った。正森も高岡藩の苦境を知りながら、力を貸すことはなかった。

「〆粕や魚油の荷運びで、高岡河岸を使うてはもらえぬでしょうか」

においのきつい品だから、中継地とするには新たな納屋を建てなくてはならない。

しかし確実に使われるのならば、検討する余地はあった。

「それについては、私どもではどうにもなりません。決めるのは銚子の松岸屋でございます」

駄目だと言われたわけではなかった。正森に頼んだときには、藩の 政 には関わらないと告げられた。

帰り際、正森を探る者がいたことを伝えた。気をつけてほしい、という気持ちから

だ。

「そうですか。不気味でございますね」

　表情が翳った。正森の日頃の動きを目の当たりにしていて、思い当たる節があるのかもしれない。

「波崎屋の手の者かもしれませんが、お侍というのが腑に落ちません。高崎藩の方でしょうか」

　一か月前の、〆粕強奪の件があるから、口にしたようだ。

「さあ」

　高崎藩士ならば、納場の手の者と考えられなくもない。けれども今の納場には、そこまでの力があるとは思えなかった。

「ともあれ伝えます」

「そうしてください」

　これで正森が行動を慎むとは考えられない。ただその者が正森の正体を暴いたら、高岡藩に火の粉が飛ぶ。心の臓が、冷たい何かで圧迫されたような気がした。

二

屋敷に帰った正紀は、京の部屋へ行った。障子は開かれていて、よたよた歩きをした孝姫が、顔をのぞかせた。

足音で、正紀が分かるらしい。

「おお、よしよし」

両手で腋の下に手を当てて、体を大きく揺すってやる。孝姫は嬉しそうに、けたけたと笑う。

京を含めて、侍女たちはそういう乱暴な扱いはしない。だから正紀の抱っこが嬉しいのかもしれない。

「空を飛ぶぞ」

下向きにして抱いて、部屋の中を歩く。両手を伸ばした孝姫は、「きゃあ」と声を上げる。途中でやめると怒った。

しばらくやって、満足したところで京が抱き取った。侍女が隣室へ連れて行った。

そこで正紀は、お鴇と話した内容を京に伝えた。話を聞き終えた京は、しばらく考

える様子を見せてから口を開いた。

「ならば正紀さまは、商人におなりなさいまし」

「えっ」

あまりにはっきり言われたので、面食らった。

「先代藩主とはいっても、正森さまがなさっていることは商人そのものでございましょう」

「ううむ。しかし儲けるだけではなさそうだぞ。漁師や鰯の加工をなす者の役に立とうとしている」

この部分では、正森を受け入れることができる正紀だ。

「正紀さまが商人としてお仕事をなさるのは、それに近いものとなりましょう。目指すものが金儲けではなく、藩を守るということでございます」

「……」

「藩士領民を、武器で守るか金子で守るかの話ではないでしょうか」

なるほどと思った。一本やられて少し忌々しいが、最近はそれも慣れてきた。納得がゆく形でやり込められるのは、むしろ気持ちがいい。

「しかし商人になるのには、元手がなくてはならぬぞ」

「その元手を拵えるのも、商人の才覚でございます」
とやられた。返事ができないでいると、京が続けた。

「正紀さまには、商いの師があるではございませぬか」

「師だと」

思いがけない言葉だから、すぐには顔が浮かばない。高岡河岸の納屋作りで資金を出した、船問屋の濱口屋幸右衛門あたりか。

「〆粕相場で、手掛かりをくれた者がおりました」

「ああ、あれか」

房太郎かと気が付いて驚いた。目が悪く丸眼鏡をかけたひ弱な男。少しでも強い風が吹けば、吹き飛ばされてしまいそうな体だ。しかし物の値動きについては、労を惜しまず調べを尽くす。これを土台にした相場に関する判断は、実に見事だった。源之助

先月の〆粕相場についても、正紀が儲ける手助けをしたのは房太郎だった。源之助と共に銚子へも行った。

考えてみると、商いについていろいろと教えられた。前には、麦や銭の相場で力になってもらった。あれがなければ、藩に降りかかった難事を乗り越えることはできなかった。

「ならば教えを請いに、行ってみるか」

房太郎は先月の〆粕相場では、松岸屋から百俵（二千五百貫）を十貫につき銀二十二匁で買い、銀三十二匁で売った。一両を銀六十匁として、わずか半月ほどで、四十二両を儲けた計算になる。

今後〆粕や魚油商いに関わるならば、どのような動きができるか訊いてみようと思った。

翌日正紀は、源之助と植村を伴って、日本橋本町三丁目の熊井屋へ行った。大店の品の相場を読み取る嗅覚があるからに他ならない。

老舗が櫛比する中で、熊井屋は間口二間（約三・六メートル）の小店だから、初めてのときは見過ごしてしまった。

両替商の看板を出しているが、本両替ではなくもっぱら銭の両替をする脇両替として商いをしていた。それでも江戸の一等地に店を張っていられるのは、房太郎の各種

房太郎は二十三歳で、暇があってもなくても、通りに出て物の値を確かめて歩いている。不審な値動きがあれば、その理由を得心するまで確かめた。そのあたりは、極めてしつこい。

訪ねて一度で会えるのは珍しかった。

この日も出向いていて、待つことにした。祖母のおてつがいて、出涸らしの茶を出してくれた。

正紀は前に、房太郎にもおてつにも借金を頼んで断られている。親しく付き合ってはいるが、そういうところはしっかりしていた。

半刻ほどして、戻ってきた。正紀は挨拶もそこそこに、これからの〆粕商いについて尋ねた。

「銚子には、鰯が戻ったと聞きました。ならばもう、値上がりは見込めません。下がるばかりでしょう」

気のない口調だった。

「では」

「関わることはありません。繰綿の方が行けそうです」

繰綿とは、実綿から種を取り出しただけの未精製の綿をいう。西国から江戸へ運ばれ、東北や関八州で木綿に加工された。

〆粕ではそれなりに儲けたが、今はすっかり関心をなくした様子だった。

「もう〆粕で、稼げることはないか」

〆粕は肥料として百姓の役に立つ品だ。探せば商機があるのではないか。

房太郎は、やや首を傾げてから口を開いた。

「手立ては、二つあります」

「うむ」

これを聞きたかった。

「まずは通常の干鰯〆粕魚油問屋と同じように、仕入れを行い江戸で売ることです」

「しかしそれには、元手がいる」

房太郎は百俵を仕入れて四十二両を儲けたが、これは鰯が不漁だったからだ。通常ならば江戸での市価は、十貫が銀二十匁、百俵で八十三両ほど。漁師への仕入れ代が二割、江戸までの送料を含めた加工賃六割を支払うと、問屋が手にできる利益は二割の十六、七両となる。

六十六、七両の元手がいる。高岡藩では、これが出ない。すでにあちこちから借りているから、新たに借りることはできない。だから苦労をしていた。

「その方、金主にならぬか。仕入れた鰯を担保にするぞ」

前に断られたが、一応言ってみた。

「そうですね。前にお断りしましたが、あえてとおっしゃるならば、正紀様ご依頼で

すから考えないわけではありません」

「まことか」

房太郎らしくない言葉だから疑った。

「はい。ただし元手としてご用立てする六十七両ですが、八十両にして返していただきます」

「それでは、ほとんど利がないということではないか」

さすがに厳しい房太郎の条件だった。八月の参勤交代の費用にはならない。一瞬の

元利合わせて八十両の返済ならばよいという話だった。

ぬか喜びだった。

「もう一つは、〆粕の荷運びに高岡河岸を使わせるものです」

これは正紀も考えたことだった。

銚子から運び出される〆粕や干鰯は、関宿経由で江戸へ運ばれるだけではない。

霞ヶ浦や北浦はもちろん、鬼怒川や小貝川、印旛沼などの河岸場へも運ばれる。

「高岡河岸は、各河岸場へ行く荷を積み替えるための中継ぎの場として、使えるので

はないですか」

「それはそうだが、〆粕や干鰯、魚油はにおいが強い。他の荷に移るとなると、使う

者が限られてしまう」

　房太郎も、〆粕のにおいには苦しんでいた。初めて松岸屋へ行ったときには、げえげえやったほどだ。

「そのあたりの工夫は、できませんか。便の良さは間違いありませんが、その他にも利点があれば使う者は増えます」

　銚子から鬼怒川や小貝川、印旛沼へ運ぶならば、取手河岸よりも便利だと言った。

　房太郎は船酔いで苦しんだらしいが、高岡河岸の地の利は確かめたのかもしれない。

「地の利以外の、高岡河岸を使う利点だな」

　そこまで考えたことはなかった。

「他の河岸場では、においの出る干鰯などを置く納屋を、他の納屋から離しております。新たににおいの出る品を置く納屋を、離れた場所に建てられますか」

「置くとなれば、建てるぞ」

「干鰯や〆粕ならば、新しい材木でなくていい。古材ならば、各村からも集められるだろう。

「しかし船着場から離れていたら、荷の入れ替えの労が増え手間賃がかかります」

「いや、それは問題ない。船着場も、それに合わせて拵えればよい」

「使用料はどうですか。商人は、少しでも安いものに目が行きます」

房太郎は、細かいことにも注意がゆく。

「うむ。継続して使う者には、割安にいたそう」

「そこまでするならば、行けそうですね」

ここでようやく、房太郎は表情を緩めた。しかし正紀の気持ちは晴れない。

「だがこれでは、たとえ使う者が集められたとしても、八月までに三十両は拵えられないぞ」

つい漏らしてしまった。

相手が房太郎だから、気を許しているところもあった。守銭奴ではあるが、人物は信頼できる。

「八月に、何がありますので」

「参勤交代だ」

告げてしまってから、言い過ぎたと気が付いた。ただ何であれ、他に金策の道はなかった。万策尽きたというのが本音だった。

「どうしても、三十両が欲しいのですね」

珍しく、同情するような眼差しになった。

「うむ」

房太郎はやや思案するふうを見せてから口を開いた。

「ならばどうでしょう。私が三十両を融通いたしましょう」

「ええっ」

咨い房太郎が何を言い出すのかと魂消た。信じられない。

「返済は、四十両にしていただきます。そして〆粕用の納屋の使用料を、その額にな

るまですべて頂戴いたします」

「ずいぶんと、高利ではないか」

不満もあった。

「そうでしょうか。そもそも使用料は、年にどれほど得られましょう」

「よくて十両か十五両ほどではないか」

「ならば四年で完済できます。危急の折ですから、仕方がないのでは」

〆粕商いの金主になってもらうより、こちらの方が現実的だった。前金で三十両を

受け取れるのも大きい。

「ただ商いとする以上、干鰯や〆粕のための納屋は、常に使われるようにしていただ

かなければなりません。遊ばせていては、返金が遅くなります」

さっさと返せと言っている。

「いかにも。使う者をただ待っているだけのつもりはない」

「ならば源之助様あたりに銚子へ行っていただくのはいかがでしょう。松岸屋はもち

ろん、他の問屋の荷も運んでいただかなくてはなりません」

金を出したら口も出す。これはいかにも房太郎らしかった。

「私が参ります」

「それがしも」

傍で聞いていた源之助と植村は、目を輝かせた。

「納屋の件、考えよう」

と伝えて、正紀は熊井屋から引き上げた。

　　　三

屋敷に戻った正紀は、佐名木と井尻に、房太郎とした借金話について伝えた。

「納屋を拵えても、およそ向こう三年は利がないわけですね」

話を聞いた井尻は、ため息をついた。しかし嫌な顔をしたわけではなかった。三十

両あれば、とにかく次の参勤交代は行える。古材を使うのであれば、費えもかからない。それも気に入ったようだ。

「房太郎にしてみれば、正紀様のお役に立ちたいと考えているのでしょうな」

佐名木の言葉は当たっている。

「三十両を他に回せば、あやつならば十両程度の利は、もっと短い間で稼げるであろう」

融資を受けることに、異論は出なかった。

「ただし新しい材木は、板一枚使うことはできませぬ」

井尻は念押しをした。わずかでも金がかかることならば、反対となる。

今ある四棟の納屋からは、やや離れた場所を探し、古材木で建てる。作業をするのは、国許の普請方を使う。船着場も、新たに拵える。重い荷ゆえ、頑丈なものでなければならない。

「地固めは、領内の百姓を使いましょう。できれば荷運びの手間賃を得られまする。喜んでやります」

井尻は、賦役として使うつもりだ。

ただ詳細は、江戸ではどうにもならない。また当主である正国の許しがなければ、

何もできない。正紀は、国許の正国に文を書いた。

その後で、京にも伝えた。

「房太郎は、役に立ちましたね」

笑顔で返した。

徒士頭の青山太平は、正国と共に高岡へお国入りをした。久しぶりに目にする生まれ在所だから、懐かしかった。利根川の流れの音を聞きながら育った。江戸の大川とは違う。水のにおいが清々しかった。

八月には、供として出府に加わる。行列の費えについては、正紀の近くにいたから案じていた。

そんなとき、正国から呼び出しを受けた。

「正紀より、文が来た。読んでみよ」

手渡されて、目を通した。これまであった四棟の納屋とは離れたところに、新たな干鰯や〆粕を納める納屋を建てる話だ。

読み終え顔を上げると、正国が言った。

「この話、乗ろうと思う」

「ははっ」

不満はなかった。〆粕で九両を得たことなどは、伝えられていた。その件に正森が関わっていたことは、上士にだけ知らされた。

参勤交代の費えを調えるためならば、なんとしてもなさなくてはならない。

「土地を選び、納屋を建てるのだが、そのための費えはない」

あるものので賄えという話だった。

「その方を、奉行に命じる」

普請方も使うが、河岸の運営と警固の任に就いている橋本利之助も加えるようにと命じられた。

橋本は、納屋の維持管理だけでなく、納める品の確認なども行った。

兄がいて納屋番をしていたが、納屋の運営を邪魔しようという者に殺された。そういう因縁があるので、納屋については愛着を持っていた。

正国の御座所を出た青山は、河岸場の橋本のところへ行った。銚子からの醬油樽が、運び出されて行ったところだった。

青山は橋本に事情を伝えた。

「古材とはいえ、建てればいいというものではない。俵物を預かる以上、雨漏りがあってはならぬ。それを踏まえた材木を集めねばならぬ」

「畏まりました」

橋本は河岸場の重要性が分かっているから、気合をこめて頷いた。少しでも多くの実入りを得るには、早い完成が望まれる。

「場所も選ばなければならぬ」

地固めをするとはいっても、崩れやすい土地は避けなくてはならない。地崩れして品を台無しにしたら、預かっている高岡藩が弁償をしなくてはならない。

そこで翌日、青山と橋本、それに普請奉行は、領内各村の名主と百姓代を集めた。一同が顔を揃えたところで、青山が趣旨を説明した。

「それはよい。干鰯や〆粕は、我らも使っている肥料だ」

「わしらも、できる限りのことはいたしますよ」

河岸場の利点は分かっている。反対する者はいなかった。

河岸場があることで、荷下ろしや荷入れが百姓たちの仕事になった。そこで得られる賃金は、百姓たちにとっては貴重な実入りとなった。女房たちは、握り飯や饅頭を拵えて、茶などと一緒に、船頭や水手たちに売る。これで得る銭も稼ぎとなった。

藩では、この銭には税をかけていない。正紀の方針だ。これで村人は、納屋を大事にするようになった。

「今の納屋よりも一丁（約百十メートル）ほど川下に、適当な場所があるぞ」

いくつかの候補が挙がった。千俵くらいは納められる納屋にしろと命じられている。

となると、それなりの広さがいる。

実際に見に行くことにした。青山は、名主たちの意見を尊重するつもりでいる。

さらに古材木の供出などについても話し合った。古材だからといって、何でもいい

わけではない。

「地固めには、人も出してもらわねばならぬぞ」

青山は言った。

田圃では、そろそろ苗代作りや種籾の準備が始まる。この時期、百姓は暇ではない。

「かまわないが、荷運びなどの仕事は、ちゃんと各村に分けてもらいたい」

「そうだ」

これは百姓にとっては、日銭が入るか入らないかの問題があるから大きい。不満を

残してはならない。そのあたりも調整をした。

「では、場所を見に行こう」

一同で土手の道を歩いた。畑にできる土地は、すでにしている。あれこれ話して、

候補地を一つに絞った。

これを正国や重臣に諮って、裁可を得なくてはならない。名主たちは村へ帰って、古材集めにかかった。

四

国許の正国から、新たな納屋作りについての許諾の文が江戸の正紀のもとに届いた。これで高岡河岸での五棟目の納屋作りが、正式に決まった。国許では、普請を始めるよう各村の名主を集めて、場所の選定を行ったとあった。国許では、普請を始めるよう各村の名主を集めて、場所の選定を行ったとあった。だ。

「いよいよでございますな」

井尻が、嬉しそうに言った。

正紀は源之助と植村を伴って、房太郎のところへ伝えに行った。

「これで参勤交代ができますね」

「そうだな」

「でも、今回だけですよ」

と釘を刺された。

「では、お検めください」

三十両を受け取り、正紀は借用条件を記した証文と金子の受取証を手渡した。河岸場の使用状態は、毎月伝えなくてはならない。房太郎はそのあたりの要求は、ちゃんとしてきた。

話が済んで、正紀らは熊井屋を出た。そのとき、部屋住みふうの絣の着物を身に着けた若い侍が、店の前を通り過ぎた。

「あれは」

源之助が小さな声を漏らした。

「今の者を、知っているのか」

後ろ姿に目をやりながら、正紀は問いかけた。

「浄心寺の法事へ見えられた大殿様について、聞き込みをしていた者かと」

「ほう」

「房太郎を見張っていたのか、たまたま通りかかっただけなのか」

見当はつかないが、確かめておきたかった。房太郎も、松岸屋の〆粕で儲けた者だ。

そのために、賊と争った。納場や五郎兵衛は、許してはいまい。

何者か、確かめておきたい。正紀は源之助に、部屋住みふうの侍をつけるように命

じた。

正紀らと別れた源之助は、緋の着物の若い侍をつけた。

ぶらぶら歩きで、神田方面へ向かってゆく。通りに出ている屋台店を冷やかした。

そのまま北へ進んで、八つ小路に出た。ここでも少しばかり屋台店を覗いて、昌平橋を通り過ぎた。湯島から本郷へ出た。

立ち止まったのは、水戸徳川家上屋敷の裏手にある大名屋敷の門前だった。風格のある長屋門で、敷地も広い。小大名の屋敷ではなさそうだ。門番に声をかけて、中に入った。屋敷の家中の、子弟と思われた。

源之助は近くの辻番小屋へ行って、どこの屋敷か尋ねた。

「上州高崎藩の中屋敷ですよ」

と告げられた。八万二千石の大大名だ。

「おお」

藩名を聞いて、源之助は小さな声を上げた。銚子一帯を飛地として領する御家だ。中心地飯沼には、銚子役所を置いている。そこの郡奉行が納場帯刀だった。

そこですぐに、屋敷の門番所へ行った。

「ただいま屋敷に入られた方は、どなた様でござろうか」

おひねりを門番に与えた。

「どのようなご用であるか」

おひねりを手にしても、簡単には教えてくれない。

「今そこで悶着があり、助けていただき申した。名を伺ったが、お教えいただけなかった。そのままにはできぬので、つけてまいった。改めてお礼をしたいゆえ、伺う」

頭に浮かんだことを口にした。門番はそれでよしとしたようだ。

「鴻山鉄之介殿だ」

納場姓ではない。初めて聞く名だった。鴻山姓について尋ねたが、それには答えを得られなかった。

　　　　　　　　三

　熊井屋の前を通り過ぎた若侍を源之助につけさせた後、正紀と植村は、深川南六間堀町へ足を向けた。お鴇に、高岡河岸に干鰯や〆粕、魚油を置く納屋を建てることを伝えるためだ。

　荷の輸送にあたって、どこを中継地とするか決めるのは銚子の松岸屋だと言ったが、

耳には入れておきたかった。また銚子の千代や作左衛門に文を出す折に、紹介をして
もらえればありがたいと思った。

「旦那さまはおいでになりませんが、どうぞ」

客間に招き入れ、茶菓を振る舞ってくれた。正森は、あれから顔を見せていないと
か。

「思いがけないときに、お戻りになります」

お鶴は、「戻る」という言い方をした。

正紀は、訪ねた理由を伝えた。

「どうなるか分かりませんが、お伝えはいたします」

話を聞いたお鶴は、そう返した。

そこで正紀は、気になっていた熊井屋の前を通った部屋住みふうの若侍について話
した。

「旦那さまについて、浄心寺で聞き込みをしたお侍ですね」

「さよう。覚えはありますか」

絣の着物を着ていたことも伝えた。お鶴はそこで、はっとした顔になった。

「この界隈で、旦那さまについて聞き込みをしたお侍がいます」

「それは、我らのことではないでしょうか」

正森が何をしているか、知らなかったときだ。

「いえ、この数日のことでございます」

気味が悪いといった顔だ。侍に問われた近所の者が、お鴇に話したのだという。

「小浮森蔵様について、尋ねていたわけですね」

「そうです。どういういわれの方かと問われたようで」

問われた者は、答えようがなかったらしい。近所の者は、小浮が正森だとは知らない。

正森が何者かは知るよしもない。

自身番の書役や大家も知らないはずだった。人別はなく、立ち寄って数日過ごす者だ。

小浮森蔵の正体を知っているのは、お鴇と弟の蔦造だけだ。

「そのようなことをさせるのは、納場や波崎屋でしょうね」

他には考えにくかった。

「何か起こりそうで、怖いです」

お鴇は言った。

小浮森蔵の素性を、改めて調べている。

「何のためにそれをするのか」

そう考えて、佐名木の言葉を思い出した。正森は、いなくてはならない高岡にいない。

この証を摑まれたら、高岡藩は危うい。今のところは正体に気付いていないと思われるが、先のことは分からない。

ただ何者かと不審が募れば、素性を探ることともありそうだ。

聞き込みをしたのは、どのような者だったのでしょうか」

「部屋住みふうの若侍だそうで」

着物の柄までは分からない。

「さようですか」

熊井屋の前で見た若侍ではないかと考えた。

　　　　五

正紀が屋敷に戻ると、源之助はすでに屋敷に戻っていた。佐名木と井尻を交えて、詳細を聞いた。

「高崎藩の、鴻山鉄之介なる者でございました」
それ以外は分からない。
「高崎藩ならば、納場と繋がる者であろうな」
正紀の意見に、他の者は頷いた。正紀がお鴇から聞いた話も伝えた。
「小浮森蔵殿の素性を探っているのは、間違いありませぬな」
井尻が、不安げな顔になって言った。
「小浮森蔵殿が正森様であることは、何であれ知られてはならぬ」
佐名木が言った。
「鴻山鉄之介が、高崎藩の者だと分かったのは大きい。別の手立てで、何者か調べてみよう」
正紀は言った。今の段階では、波崎屋はもちろん納場にも繋がらない。
「もう一つ、早急に当たらねばならぬことがある」
納屋を建てることが決まった以上、早急になさねばならない。一同が、正紀に目を向けた。
「高岡の納屋の活用についてだ。待っているだけでは、使う者は現れまい」
「いかにも」

源之助だけでなく、井尻も大きく頷いた。

「銚子の千代殿のもとに依頼の文を書く。しかし文だけでは足りない。直に届けて、高岡河岸を使うことの利を訴えなければならぬ」

「さようでございますな。松岸屋以外にも、使用を促さなくてはなりますまい」

正紀の言葉に、佐名木が続けた。継続して使う者には、使用料を割り引くという案も受け入れられた。

「では、銚子へ人を出そう。早い方がいい。できた納屋を、遊ばせぬためにな」

「しかし行くとなれば、路銀がかかります。何人もというわけにはまいりませぬぞ」

ここで井尻が口出しをした。荷は増やしたいが、そのための路銀は抑えたいという話だ。「房太郎に劣らず吝いが、わずかな銭でも惜しんでやりくりしている勘定方の発言ならば、受け入れなくてはならないだろう。

「私が参ります」

緊張した顔で源之助が言った。責任は重い。それを分かって口にしたのだろう。

「その方は、銚子は初めてではない。千代殿や作左衛門殿とも顔見知りだ。適任であろう」

正紀は言った。

　その日の夕刻、源之助は江戸を出る濱口屋の荷船に乗り込んだ。

　翌日の朝、正紀は赤坂の今尾藩上屋敷へ赴いた。昨日のうちに、兄睦群に面談を申し入れていた。

　一歳違いの睦群は天明五年（一七八五）に家督を継いで、竹腰家三万石の当主となっている。竹腰家は尾張徳川家の付家老という役目を担っていた。そのため幕閣や各藩の動きについて、精通している。

　何かがあると、いち早く伝えてくれた。強引なところもあるが、兄弟仲は悪くない。睦群は多忙だから、申し入れてもすぐに会えるとは限らない。告げられた日時に出向くしかなかった。今回、早めに会えたのは幸いだった。

　長居はできないが、それはかえって都合がよかった。余計なことを問われなくて済む。

　会ってまずは、高岡藩の近況を手短に伝えた。母昇清院から〆粕仕入れのために肩衝茶入を借り入れた。その件については、「甘えるな」と叱られた。

「ははっ。二度とないようにいたします」

　母を煩わせるのは、本意ではなかった。それから高崎藩の鴻山鉄之介について、

話を聞ける人物を紹介してほしいと頼んだ。

「中屋敷に住まう部屋住みのことなど、なぜ知りたいのか」

理由を聞かれた。当然の疑問だが、正直なことは伝えられなかった。正森が国許に

いないなど、江戸藩邸内ではごく一部の者しか知らない。

この件は、睦群にも話せない。高岡藩の極秘事項だ。話せば藩を潰す気かと激怒さ

れる。もちろん尾張藩の宗睦にも伝わる。

「何が何でも、高岡に留めおけ」

と命じられるのが関の山だった。そこで婿入り話があるので、素性を知りたいとい

う形で伝えた。

「ならば上屋敷で御使番をする市村庄兵衛という藩士に紹介状を書こう」

容易く引き受けてくれた。

早速市村に使いを出し、その日の夕刻近くには面談ができることになった。正紀は

植村を供にして、数寄屋橋御門内の大名小路にある高崎藩上屋敷へ出向いた。千代田

のお城のすぐ傍だけに、敷地こそ広くはないが、長屋門は壮麗な造りだった。

睦群の紹介状があったから、市村とはすぐに会うことができた。中年の小太りだが、

能吏といった気配をまとった侍だった。

「鴻山鉄之介でござるか」

睦群からの書状もあるので、市村は気さくな様子で接してきた。高岡藩を名乗って

も、納場のことには繋がらない。

「当家の縁筋で、婿にという話がありまして」

多少後ろめたい気持ちで話した。

「鴻山の、剣の腕前を見込まれたのでござるな」

「まあ」

話を合わせた。

「何しろあの歳で、馬庭念流の免許の腕ですからな」

よほどの遣い手らしい。

「しかしあの者が婿に行くのは、無理でございましょう」

あっさり言われた。

「何ゆえで」

「あの者は、鴻山家の婿でしてな。他所へは行けぬ身でござる」

「さようでしたか」

がっかりしたふりをした。

「どちらの家からでしょう。逸材を手放すのは、惜しかったでござろうが」

念のために訊いた。

「銚子の郡奉行をしている納場帯刀殿の次男坊でな」

年子の兄征之介がいて、それは銚子にいると付け足した。〆粕と魚油を奪おうとした一件には、関わっていなかった。鴻山は二年前に銚子から、江戸の中屋敷へ移ったそうな。

「さようで」

驚きもあったが、得心の方が大きかった。

「納場家というのは」

「藩内では家老職にも就ける名家だが、ちといろいろありましてな」

言葉を濁した。藩の不始末だから、詳しいことは言いたくないらしい。分かっているから、それ以上は問わなかった。

鴻山家は、江戸中屋敷の勘定頭の家だという。納場家よりも、家格は下らしい。

「あの者にとっては、家を出ていたことは幸いであった。今ならば、婿の口はかからなかったでござろうゆえ」

「なるほど。しかし実家がうまくいかないとなると、胸を痛めているのでは」

「それはございましょうな。実家に対する思いは、濃いと聞いたことがございまする。また実家の力を借りて、栄達を望む気持ちはあったに違いありませぬ」

実父帯刀は、近くお役を免じられ、国許に戻って日の当たらない暮らしをしなくてはならない身となった。与する藩士もいないだろう。跡取りの兄も、お役に就ける見込みはない。

原因となった小浮や房太郎を恨んだとしても、不思議ではなかった。

熊井屋の前を通ったのは、偶然ではなさそうだ。深川南六間堀町で小浮森蔵について聞き込みをしたのも、鴻山鉄之介だと確信した。

企みをもって調べをしていたのは明らかだ。市村から話を聞けたのは、幸いだった。

六

関宿から下って来た塩俵を積んだ五百石積みの荷船が、銚子湊へ着いた。微かに潮のにおいがする。源之助は、ほぼ一か月ぶりで、銚子の河岸へやって来た。江戸を夕刻に出て、翌々日の朝だ。

銚子は利根川水運の玄関口であるとともに、東廻り海運の寄港地として多数の荷船

が立ち寄った。それだけではない。江戸へ繋がる銚子街道もあって、水陸の交通の要衝として栄えたが、内陸に運ばれた。

また醬油の産地としても知られ、町は関宿や取手に劣らないほど栄え、活気に溢れている。豊富な漁場に囲まれて、干物や干鰯、〆粕といった肥料が、

源之助は、その人通りの多い飯沼の町へ出た。大小の商家が軒を並べている。鮮魚を商う振り売りが、威勢の良い掛け声を上げていた。屋台で握り飯を買ってそれを朝飯とし、まず足を向けたのは銚子役所だった。漁師から町人、百姓とおぼしい人の出入りがある。出てきた中年の商人ふうに、納場について問いかけた。

「不祥事がありましたからね、前ほど横柄ではなくなりましたよ」

まあそうだろうと思った。蟄居が解けたばかりだが、役務には関わっているとか。

「面倒なことを、言うのであろうか」

「そうですね。いつまでやるかは分かりませんが、お奉行様でいる間は、大きな力があります」

その間は逆らえない、と言っていた。おとなしくはしていない様子だ。

役所近くの太物屋の番頭にも、問いかけた。

「近頃では、馴染みだった商家や網元、〆粕作りの店の要望は容れているると聞きましたよ。そうでないところからの嘆願は、書類が不備だとか、申請の理由が身勝手だとかで退けるようですが」

「事実ならば、酷い話だ」

「辞めさせられる前に、袖の下を稼いでおこうという腹ではないかと噂しています」

番頭は、納場に不満があるようだった。少なくとも納場は、失脚を前にして萎れているわけではなさそうだ。

ここで、外出から戻ってきた騎馬の若侍を目にした。土埃を立てて、門内に入った。前に銚子にいたときにも顔を見た気がしたが、よく覚えてはいなかった。門番は黙礼したから、身分のある者らしかった。

傲慢そうな顔だった。

「あの方は、お奉行の跡取りで征之介様です」

そういえば、面差しがどこか納場に似ていた。

次に源之助は、波崎屋の様子を見に行った。店の中を覗くと、二十代前半の羽織姿の主人ふうが、帳場で算盤を弾いていた。奉公人もいたが、前ほど活気はなかった。

「あの奥にいる人が、新しい主人かね」

隣の商家の小僧に尋ねた。

「そうです。江戸から来た、次太郎さんです」

死罪になった、太郎兵衛の弟だ。気の強そうな目をしていた。

近くの古着屋の女房にも、次太郎について問いかけた。

「あの店の主人はとんでもないことをした。それを取り戻そうと、いろいろやっているみたいだけれど」

したって聞きましたよ。だから仕入れ先や顧客を、ずいぶんなく

「町の者にはどうかね」

「腰は低いし、物言いも丁寧ですよ。今のところはね」

次太郎の気持ちは分からないではない。ただ江戸からの指示で動いているのは明ら

かで、主人の五郎兵衛が商いのためには手段を選ばないのを忘れてはいけない。

そういう目で、源之助は次太郎を見た。

そこへ四人の漁師ふうが姿を見せた。皆、日焼けで顔が浅黒い。三十代前半から六

十代半ばくらいの男たちだ。

四人に気が付いた次太郎は、満面の笑みをたたえて出てきた。親し気に声をかけ、

「どうもどうも、わざわざ来ていただき」

奥へ導いた。

鰯を卸している漁師たちだと察せられた。

それから源之助は、海際にある飯貝根の漁師町にある松岸屋へ行った。千俵の〆粕と魚油輸送の件で力を尽くしていたので、千代と作左衛門にはすぐに会うことができた。

客間に通された。

「過日は、たいそうお世話になりました」

「こちらこそ、助かりましてございます」

源之助は銚子に滞在中は松岸屋に逗留したので、その礼を口にしたのである。正森はいるらしかったが、会うことはできなかった。それは仕方がないと、初めからあきらめていた。

まずは鰯が戻ってきていることを聞いた。沖に出なくても、獲れるようになったとか。

「では、通常の出荷ができるわけですね」

「そうなりつつあります」

今日も作業場では、〆粕作りが行われていると千代は付け足した。源之助には、嬉

しい話だ。

ここで正紀からの文を、千代に差し出した。千代が読み、作左衛門も目を通したところで、高岡河岸を使ってもらえないかと頼んだ。

松岸屋では鰯を仕入れて〆粕と魚油を拵え、江戸だけでなく、利根川流域や鬼怒川、小貝川、印旛沼周辺の村に卸している。

干鰯や〆粕を積み、銚子を出た荷船は利根川を遡る。船はまず関宿を目指すが、すべての荷をそこまで運ぶのではない。鬼怒川、小貝川、印旛沼周辺の村にも荷は届けられる。それらは途中の取手河岸で、各河岸場に向かう船に積み替えられた。

銚子から荷を運ぶ場合、取手河岸だと印旛沼、小貝川を通り越した位置になる。荷を届けるためには、そこから戻らなくてはならない。しかし高岡河岸からならば、無駄にはならない。そういう利便性について説明した。また継続して使ってもらえるならば、使用料を割り引くという話もした。

「そのために、干鰯や〆粕、魚油だけを納める納屋を拵えている最中でござる。できれば使うことができるでしょう」

いきなりの話だから、難航するのは覚悟の上だった。一通り話したところで、二人の顔色を窺った。

　千代はすぐに作左衛門に目を向けた。頷きを返されたところで口を開いた。

「ほかならぬ正紀さまと源之助さまのご依頼でございますから、使わせていただきます。割安になるのならば、こちらとしても大助かりです」

　すんなりいったので、拍子抜けしたくらいだった。ただそれで喜ぶのは、まだ早かった。千代が続けた。

「松岸屋が卸す〆粕は年に千俵、魚油千樽ほどです。そのうちのおよそ半分が江戸へ運ばれます」

「うむ。それらは高岡で積み替えられることはないわけですね」

「はい。使うのは、小貝川、印旛沼方面に運ばれる荷だけです。年に〆粕五百俵、魚油五百樽ほどでしょうか」

「なるほど、松岸屋の荷だけでは、納屋を遊ばせておくことになりますね」

　荷はその日のうちに他の船に移されることもあれば、他の荷が揃うのを待つ場合もあった。荷が揃うのを待つ間、高岡藩は納屋の使用料を得る。百姓は荷運びの手間賃を得る。

「松岸屋の荷だけでは、納屋はたまに使われるだけで、さしたる収益は見込めないという話だった。

　要は松岸屋の荷だけでは、納屋はたまに使われるだけで、さしたる収益は見込めないという話だった。

「せっかく納屋をお建てになったのならば、使う船を増やさなくてはなりますまい」

作左衛門が応じた。商人としての言葉だった。

「どうすれば、増やすことができるでしょうか」

「私どもだけではなく、他の荷主や船主に、話をつけなくてはなりません」

さながら商人だと思ったが、そのために自分は銚子へ来たのだと頷かざるをえなかった。

「ほう」

置かれた立場は分かった。そこでさらに、納場の動きを含めて、銚子では変わったことが起こっていないか尋ねた。

納場の動きについては、飯沼の町で耳にしたこととほぼ同じだった。それと関わりがあるかどうかは分からないが、事件があったと告げられた。

「自前の舟を持った漁師が、海上で何者かに斬られて命を失いました」

「網元甲子右衛門さんに近い者で、松岸屋へ鰯を卸していました」

「嫌なにおいがしますね」

「まことに。斬られたのは泰造なる者で、磯吉、綱次郎、豊次という三人と組んで、獲れた鰯を松岸屋へ卸していました」

この四人に、波崎屋の次太郎が近づいたという。好条件を提示して、鰯を卸してほしいと申し出たのである。

漁師たちは皆、鰯の不漁で実入りが激減していた。また泰造を除く三人には、それぞれに銭が欲しい事情があった。心を動かされたのだが、頭格の泰造が、波崎屋の話は受けないと主張した。

「鰯が戻ったからといって、これまで世話になったことを、忘れてはなるまい」

という泰造の言葉に、三人は言い返せなかった。

それで話はついたのだが、泰造は亡き者にされた。殺しに関わったとおぼしい侍と町人が乗った舟を、目撃した漁師がいた。離れていて顔は分からないが、その侍が斬ったと推量できた。見事な斬り口だった。

「銚子役所へ届け出ましたが、形ばかりの調べがされただけで、今はそのままになっています」

殺しの現場を目撃した者はいなかった。話しているうちに悔しさがこみ上げたよう
で、千代は唇を嚙んだ。

「泰造を斬ったのは、波崎屋や納場の手の者ではないか」

波崎屋に卸すことを反対した泰造を斬るなど、手段を選ばない荒っぽいやり方だ。

いかにも納場や波崎屋らしい。納場になびきそうな手下がいないことを考えると、おそらく息子である征之介あたりの仕業かとも思われる。

「おそらく。その四人から始めて、波崎屋に鰯を卸す漁師を増やそうという腹に違いありません」

作左衛門が言った。

証拠はない。しかし波崎屋の反撃が、始まったのだと源之助は受け取った。

「源之助さまは、しばらく銚子に逗留なさいますね」

「そうなります」

問屋や船主を廻らなくてはならない。他は、松岸屋のようなわけにはいかないだろう。

「では、ここにご逗留くださいませ」

ありがたい申し出だった。

「こちらです」

部屋へ案内してくれたのは、女中のおトヨである。おトヨは十七歳で器量よしとはいえないが、明るくて笑顔は愛らしかった。房太郎が門近くで嘔吐していたときに、千代に命じられて薬を持ってきてくれた。

源之助はここまでのことを、正紀に文で伝えた。

第二章　国許療養

一

数寄屋橋御門を出た正紀は、供の植村と共に屋敷に戻るつもりで町を歩いた。植村に高崎藩士市村から聞いた話を伝えながら、今後のことを考えた。

表通りは、常の賑わいを見せている。人や駕籠、荷車が行き過ぎ、振り売りが呼び声を上げていた。

しかしそれらは、気持ちの中に入ってこなかった。

鴻山鉄之介については、そのままにはできないと感じている。小浮森蔵が正森だと簡単には分からないだろうが、万一にも気付かれたら厄介だ。その虞がないとはいえない。周到に調べている気配があった。

実家である納場家は、藩内では名家とされていた。その威信が傷つけられた。もとをただせば当主帯刀と波崎屋の企みに行きつくが、鴻山はそこへは目を向けない。親族への情と己の栄達への道が塞がれたことに憤りを感じていれば、不審な点は徹底して炙り出そうとするだろう。

とはいえ、正紀にはどうすることもできない。

「まだ何の悪事もなしていない者を捕らえるわけにはいかないし、斬り捨てることもできない」

「まことに」

「ただこのまま、調べを続けさせるわけにはゆかぬ」

「それに熊井屋を探ったのは確かですから、房太郎に危害を加える虞もあります」

「うむ」

荷船を奪う邪魔をした房太郎は、〆粕で儲けた。許せない気持ちがあったとしても、不思議ではない。

「ならばそのことを、房太郎に伝えておかなくてはなるまい」

正紀たちは日本橋本町へ足を向けた。

熊井屋には、珍しく房太郎の姿があった。茶の間に通された。

「耳に入れておきたいことがある」

鴻山鉄之介について、またその動きについて説明をした。

初め房太郎は、納場や波崎屋のことは忘れていた様子だった。いつも先を見て動く男だから、前のことは忘れてしまう。

話を聞きながら、思い出したようだ。

「襲われるかもしれないのですね」

怯えた顔になった。

「そうだ」

「逆恨みも甚だしい」

怒りも湧いたらしいが、危険にさらされていることは理解したらしかった。

「そういえば、あんたのことを訊きに来た若いお侍がいたって、近所の人が言っていた」

脇で話を聞いていたおてつが、案じ顔で言った。

「夜道と人気のない道は、歩かぬようにいたします」

神妙な顔で房太郎は言った。金儲けと生きることには気迫を持って当たるが、腕力の方はからきしだ。納場や波崎屋の手荒なやり口は目にしているから、不安は大きい

だろう。

もし不審な出来事があったら、屋敷に知らせるように伝えた。

それから正紀たちは、本郷へ足を向けた。鴻山が通っているという馬庭念流の剣術道場である。

掛け声や竹刀のぶつかる音が聞こえるから、道場の場所はすぐに分かった。界隈の武家の子弟が通う道場だ。

大道場ではないが、活気が伝わってくる。

稽古を済ませて出てきた門弟に、正紀は問いかけた。二十歳前後に見えた。

「鴻山鉄之介殿について伺いたい」

門弟は、鴻山を知っていると頷いた。正紀の身なりはきちんとしていて、供侍も連れているので、それなりの身分の者と察したらしい。

返す言葉は丁寧だった。

「道場に来てまだ二年にしかなりませぬが、なかなかの腕でごりまする。銚子の道場で、よほど修行を積んだものと思われます」

稽古熱心で、毎朝必ず稽古に来るらしい。今日も少し前まで、汗を流していたとか。

「では、手合わせをしたことがござるのだな」

「まあ。しかしそれがしはあまりあの御仁とは」

やや冷ややかな言い方になった。

さらに訊くと、稽古熱心ではあるが手荒いので、下の者は相手をしたがらないとか。

気性は激しいらしかった。

「鴻山殿と、親しくしている門弟をご存じか」

「さあ、そういう者があるかどうか。ちと天狗になっているところもありますので、近寄る者は多くありませぬ」

「しかしそれでもと言うと、須賀という者がいると教えてくれた。同い年の小旗本の次男坊だとか。

今稽古古に来ているというので、呼んでもらった。

現れた須賀という門弟は額に汗を浮かべていて、胴を付けたままだった。

「些少だが」

として、おひねりを渡した。

「あの者の実家は、藩では上士だったそうな。それを誇りにしておりましたな」

しかし実家に厄難が降りかかって、お役を失う羽目に陥った。自分は婿に出た身だが、血筋であるのは確かで、栄達の道を塞がれたと思っている様子だと言った。

「そういう繰り言を、述べたのだな」

「まあ。愚痴を聞いてやった礼か、珍しく饅頭を馳走してくれました」

そういうことは、めったにないとか。

「金回りは、いかがですかな」

「あまりいいとは思いませぬが、近頃はちとよくなったように感じます。饅頭以外に

も、蕎麦を馳走になり申した」

「どこからの金であろうか」

見当はついたが、尋ねてみた。しかし分からないと答えられた。

それから、波崎屋がある深川堀川町へ向かった。店が閉じていてもおかしくない刻

限ではあったが、確かめておきたいことがあった。

「己の栄達の道が、塞がれたと考えている節がありました」

「そうだな。動く理由は、親族への情だけではなさそうだな」

植村の言葉に、正紀は応じた。

堀川町に着くと、幸い波崎屋も周囲の店もまだ開いていた。

波崎屋とは一軒置いた並びの味噌醤油屋では、小僧三人が店先で荷作りをしていた。

一番年嵩の者に、植村が問いかけた。

「この半月余りで、部屋住みふうの侍が、波崎屋へ出入りをしていないか」

「そういえば」

年嵩の小僧は首を横に振ったが、一人だけ気が付いたと口にした者がいた。

「どのような身なりか」

「歳は十七、八で、絣の着物を身に着けていたかと」

外見は、鴻山だと推察できた。

次は波崎屋の小僧が表に出てきたので、正紀が問いかけをした。

「昨日は、高崎藩の鴻山殿は見えられたか」

「いえ。見えたのは、一昨日でした」

「では今夜あたり、来そうだな」

「そうかもしれません」

これだけ聞くことができれば充分だった。

「波崎屋五郎兵衛と鴻山鉄之介が組んでの動きですね。銚子の納場も、絡んでいますよ」

正紀は、植村の言葉に頷いた。

下谷広小路の高岡藩上屋敷に戻ると、門番が正紀に声をかけてきた。

「一刻（二時間）ほど前ですが、不審な部屋住みふうの侍が、屋敷の様子を探っていました。三度目に見かけたときに近づこうとしたら、逃げられました」

「ほう。ここへも来たか」

と声になった。

「なぜここへも」

植村は首を傾げたが、正紀には見当がついた。向こうは、銚子から〆粕と魚油を運んだ件に、侍が関わったのは分かっている。正紀や源之助で、名まで分かっているどうかは不明だが、高岡藩士であることは嗅ぎ出したのだろう。

小浮と房太郎、それに高岡藩士を結びつけた。

まだ小浮が正森だとは気付いていない様子だが、向こうは着実に近づいてきている。

不気味だった。

　　　二

松岸屋で一夜を明かした源之助は、おトヨの給仕で朝飯を食べた。鰯の目刺がとりわけ美味かった。

鰯は安い魚だと受け取っていたが、今はそうは感じない。頭から尻尾まで大事に食べる。

食事を済ませたところで、まず飯貝根の甲子右衛門の網子末吉を訪ねた。泰造の骸が横たわる舟を見つける前に、侍と町人が乗った不審な舟を目撃していた。

末吉は以前、納場や波崎屋の打ち合わせの場を探り、気付かれて斬られた。だが、源之助と房太郎が救い出して、命を取り留めた。

重傷でしばらく寝込み、近頃ようやく船に乗れるようになった。今日は漁には出ていないとか。

「快復したのは、何よりであった」

「へい。お陰様で」

源之助は恩人だからか、末吉は丁寧に対応をした。泰造が斬られた日のことを尋ねた。

「久しぶりに海に出たら、おかしなものを見ちまった。泰造さんを斬った侍だったら、嫌な気分になりますぜ」

「しかし殺った者の手掛かりは、得たことになるではないか」

「それはそうですけどね。気分はよくねえですよ。それにしても、なんでおればっか

りこんなことに」

　一つ間違えれば、自分も同じようになったかもしれない。そう考えると、不気味な気持ちになるようだ。

「あのときは、町人ふうが艪を漕いで陸に向かってゆく様子でした」

　顔が見えなかったのが残念だと悔しがった。

「でもあれは、波崎屋の次太郎だと思いますぜ。侍は、納場の手下ですよ」

　と付け足した。

　肩から胸にかけて、袈裟にばっさりやられていた。侍でなければ、できない斬り口だったとか。銚子役所の役人が聞き込みをしたが、侍と町人ふうが乗った舟や着岸する様子を目にした者はいなかった。

「手を下した者が納場の手下や波崎屋の者だとして、泰造を斬るだけで、他の三人の漁師の気持ちを動かし、鰯を仕入れることができるのであろうか」

　昨日は千代と作左衛門から話を聞いた。今日になって、疑問になった点を問いかけたのである。人を斬るには、それなりの理由がなくてはならない。

　すると末吉が、険しい眼差しになった。

「おれが次太郎らが殺ったと考えるには、わけがあるんでさ」

「ほう」

「泰造の家には、食わせなけりゃあならねえ親や子どもがいる。爺さんの泰吉さんは六十二でね。あの人は根っからの漁師だが、歳も歳だから、前のようにはやれねえ。腰を傷めていてよ」

泰造と一緒に舟には乗っていたが、一人ではおぼつかない。殺された日は、風邪で寝込んでいたそうな。

「上の子は十三歳になる娘のおやすで、倅はまだ十一歳だ。泰造がいなくなると、すぐにも食うのに困った」

「なるほど」

「そこで助け船を出したのが、波崎屋の次太郎の野郎です。親切そうにすり寄って、泰吉に当座の銭を貸したそうです」

「…………」

「泰造を殺した上でやっているならば、悪辣だ」

「次太郎は、残った三人にもすり寄りやがった。銭を貸してよ。鰯も高値で買ってやった」

磯吉、綱次郎、豊次の三人にも、それぞれ銭が欲しい理由があった。

「しかし泰造を斬ったのは、納場や次太郎らだとは考えなかったのであろうか」

確信はなくても、普通なら怪しむだろう。

「それは思ったに違えねえですがね、泰吉は暮らしに困った。てめえ一人では満足に漁ができねえ。二人の孫を、食わせなくちゃあならねえですからね」

「うまく丸め込まれたと見るわけだな」

「それしかねえでしょう。目先の銭に、目が眩んだんですよ」

他の三人が抱えている、それぞれ銭が欲しいわけも聞いた。

ここで源之助は、昨日波崎屋へ入った四人の漁師のことを思い出して口にした。年恰好なども覚えている限り話した。

「そりゃあ泰吉、磯吉、綱次郎、豊次の四人ですよ」

末吉は決めつけた。

「今じゃあもう、その四人はすっかり波崎屋になびいていやがる。まずはその四人を手懐けて、それから他の者を引き入れようとしていやがるんだ」

忌々しそうに続けた。

「去っていった舟に乗っていた侍と町人ふうが誰か、はっきりさせる手立てはないものであろうか」

「そんなものがあれば、とっくにおれたちで袋叩きにしていますよ」

言われてみれば、もっともだ。

それから源之助は、飯沼の町に出て、この地の干鰯〆粕魚油問屋を廻ることにした。

高岡河岸を使ってもらうように頼むのである。

銚子までやって来た主たる目当ては、こちらだった。

これは商いで侍のすることではないが、腹は決まっていた。藩だけではない、百姓たちの願いもかかっていた。使われなければ、納屋を建てた意味がなくなる。

まず一軒目、間口は五間（約九メートル）のそれなりの店だった。〆粕の俵や魚油の樽が、店内に積まれている。

「御免」

敷居を跨ぐと、「いらっしゃいませ」という声がかかった。怯みそうになる己を叱咤した。

「主人か番頭に会いたい」

高岡藩士だとして、名を名乗った。名を出したくはないが、出さなければ話にならない。

「どのようなご用で」

愛想笑いをした初老の番頭が、前に出てきた。上がり框に腰を下ろした。源之助は、高岡河岸について、話を始めた。河岸場の利点と、値段の安さを強調した。

「はあ、お話は分かりました」

最後まで聞いた番頭は、一応頷いた。しかし話の途中から、腑に落ちない顔をしていた。

「佐名木様とおっしゃいましたが、あなた様は、本当にお武家様なのでございましょうか」

「どういうことか」

「商人として、ここへ来られたとしか思えません」

それが不思議だという顔だった。

「いかにも。商人として参った」

覚悟はしてきたつもりだった。

「しかしそうおっしゃられても」

番頭は、腰の二刀に目をやりながら言った。河岸場を使うか使わないかという前に、そちらが気になる様子だった。もう、愛想笑いをしていなかった。不審な侍と見たらしかった。

「私どもでは、河岸場では困っておりません」

それ以上の話は聞いてもらえず、帰れと促すような言葉を口にされた。

「仕方がない」

無念だが、店から出るしかなかった。通りに出て、ふうとため息をついた。侍であることが、商いの邪魔になっていた。

しかし高岡藩がすることである以上、刀を腰から離すことはできなかった。

「相手にされないならば、店を出るまでのことだ」

と割り切ることにした。

二軒目は、一回り小さな店だった。不審がられもしなかったが、話を最後まで聞いてもらうこともできなかった。

「うちは関宿で荷を移し替えるので、高岡河岸には停まりませんよ」

ここでは侍であることは気にされなかったが、使う用はないとされた。

三軒目は大店だった。相手をしたのは中年の番頭だった。

「お武家様が、商いの話でございますか」

不審の目を向けてきたが、高岡河岸の利点については話を聞いてくれた。しかし乗り気になった気配はなかった。

「鬼怒川や小貝川ならば、取手でいいでしょう。わざわざ納屋を替えるのは、手順が狂いそうですね」

「いや、小貝川や印旛沼は便がいいぞ」

そう言っても聞き入れてもらえなかった。

武家であることに不審を持たれても、話を聞いてもらえればいい方だった。話し始めただけで、帰れという顔をされた。

最初の意気込みも忘れ、源之助はひどく気落ちしていた。

「房太郎がいたら、どうするだろうか」

そんなことを、源之助は考えた。

三

房太郎の頭にあるのは、繰綿の値動きだった。江戸への入荷量が減っていた。値上がりしそうな兆しが出ていた。

繰綿を運ぶ西国からの廻船が減っている。東北や関八州から求められる量は、かえって増えた。それが、各問屋の値に響き始めていた。

繰綿問屋の値動きを、房太郎は綿密に調べて歩いていた。今日は朝から、汐留川河岸の芝側の店を探っていた。

すでに〆粕は、どうでもよかった。

正紀に三十両を貸したが、それは〆粕で儲けた四十両ほどが、正紀や源之助など高岡藩の尽力が大きかったからと認めるからだ。命も救われた。

とはいっても、善意だけではない。

十両の利息を付けた。繰綿の仕入れに回せばもっと儲けられるかもしれないが、正紀はきちんと返すと踏んだ。それはこれまでの付き合いで感じる。

ならば堅実な投資だと、目処を立てたのである。

一か所に資金を投入しない。それが熊井屋のような小店が、長く生き延びる道だと信じていた。

「おお、今日も上がっているぞ」

店先の値札を見て、呟きが漏れる。各店の値を調べているとき、房太郎は夢中になる。そのために人とぶつかることなど珍しくなかった。尻餅をついたり怒鳴られたりするが、気にしない。

けれども今日は、どうも気持ちが乗らなかった。誰かに見られている気がするのだ

った。

こんなことは、初めてだ。

「ぽやぽやするな」

人足（にんそく）ふうにぶつかってどやされ、突き飛ばされた。尻餅をついて痛かったが、それ自体は気にもならない。しかし常に見つめてくる冷ややかな眼差しは、不気味だった。

正紀がしていた、鴻山鉄之介という侍の話を思い出した。

周囲を見回すが、房太郎は目が悪くて、離れたところがよく見えない。近くは眼鏡をかけているので、何とか見えた。

このとき、いきなり肩を抱かれた。

尻の痛みが和らいだところで、よろよろと立ち上がった。蹲（うずくま）ったままでは、通行の邪魔になる。ただ、まだ足元がおぼつかない。

「大丈夫か」

という声は分かった。がっしりとした体だった。深編笠を被った侍なのは分かった。

絣の着物で、部屋住みふうだ。

「はい、何とか」

「人通りの多いところにいては、次は荷車にやられるぞ」

肩を抱かれたまま、船着場へ連れていかれた。かなり強引な感じで、親切なのかどうかは分からない。

恐怖もあったので離れようとしたが、力ではかなわないからさせるままだった。一応助けられた形だから、悲鳴を上げるのは憚られた。

「もう、大丈夫です」

離れようとしたが、侍は摑んだ手を離さない。

深編笠の中の顔に目をやって、「あっ」と声が出た。顔に布を巻いている。その瞬間、下腹に拳を入れられた。意識が遠のいた。

気が付いたとき、房太郎は自分がどこにいるのかよく分からなかった。体が揺れている。

横に目をやって、小舟に乗せられていると気が付いた。汐留橋近くの船着場で気絶させられたのを思い出した。まだ下腹に痛みが残っている。

濃い潮のにおいで、海上だと分かった。

頭を上げると、こんもりとした杜があって、鳥居らしきものがぼんやりと見えた。その先はまるで分からない。

「気が付いたか」

冷ややかな声と眼差しが、体に突き刺さった。眼鏡は飛ばされていなかったので、布を巻いた顔は分かった。深編笠を脱いだ侍が艪を握っていた。

「ああ、これが自分を見つめていた目か」

と胸のうちで呟いた。怒りと恨みを秘めた眼差しだと感じた。

ここで侍は、艪から手を離して、腰の刀に手を触れた。

「ひっ」

殺されると気が付いて、体が震えた。海に飛び込めば逃げられるかもしれないが、房太郎は泳げない。

「ど、どうして、こんな目に遭わされるんだ」

震えていても、問いかけはできた。

「⋯⋯⋯⋯」

「の、納場の家来だな」

思ったことが口に出た。すると侍は、前に出てきた。納場という苗字を聞いて、怒りが増したと感じた。

逃げ場をなくした鼠をいたぶる猫のようにも感じた。同時にこのままでは殺され

ると察した。

　だがこのとき、艪の音が聞こえてきた。そう遠くないところへ、舟がやって来ていると感じた。

「あっ、助けて」

　房太郎は声を上げた。もっと叫ぼうとしたが、侍は脇差を抜いた。一気に突き込んできた。

　必死で避けた。舟が大きく左右に揺れたが、かまってはいられない。突き出された腕を無我夢中で摑んで、手首に嚙みついた。

「ううっ」

　侍は脇差を取り落とした。怯えるこちらを、舐めていたらしかった。

　房太郎は、この機を逃さなかった。海に飛び込んだ。

　泳げないのは分かっていたが、近くに舟が来ているのならば、助けてもらえると踏んだ。

　侍の舟に残ったら、間違いなく殺される。

　いきなり水を呑み込んだ。手をばたつかせたが、どうにもならない。体が沈むのが分かった。ごくごくと、塩辛い水を呑んだ。

また意識を失った。

再び目を覚ましたときは、ぼんやりと空が見えた。首を横にして、船着場らしいと察した。

腹を押されて、呑んだ水を吐き出した。苦しくて涙が出た。

「しっかりいたせ」

声をかけられた。誰かと目を凝らすと、侍らしい二人の男の姿が見えた。眼鏡をなくしているので、よく顔は見えなかった。ただ声からして、それなりの歳の者だと察せられた。

「お助けいただき、ありがとうございました」

体は苦しいが、ともあれ礼を言った。助けてくれなかったら、命はなかった。

「釣りに出たところであった。ざぶりという音を聞いて目をやったら、その方が落ちたところだった」

「その方を乗せてきた舟は、逃げて行ったぞ。あれは何者か」

「私の懐を狙った者かと存じます」

何者かの予想はついていたが、そう答えた。ここでようやく、二人が老年の侍だと

気が付いた。名を尋ねたが、「名乗るほどの者ではない」と言い残し、舟を漕いで行ってしまった。

懐の財布は無事だった。眼鏡を失ってよく見えない。歩くのは怖かった。辻駕籠を雇って、熊井屋へ帰った。

四

正紀のもとへ、熊井屋から文が届いた。汐留川河岸で攫われ、あわやのところで助かった話がしたためてあった。

「ついに襲ってきたか」

すぐに植村と家臣一人を伴って出かけた。北町奉行所高積見廻り与力の山野辺蔵之助にも伝えた。

房太郎は店にいて、顔は青ざめていたが、震えているわけではなかった。

「とんでもないやつです」

怒りをぶつけた。

「この子に死なれたら、あたしたちは生きてはいられませんよ」

おてつが言った。房太郎は、熊井屋の一人息子だった。

眼鏡は、予備のものをかけていた。海に落ちたときに、失ったそうな。

「高いのに、困ったものですよ」

「だが命は助かった。それでよしとすべきだろうが、気持ちは治まらないらしい。

「捕らえて、新品の代を払わせたいですね」

そんな話をしているところへ、山野辺が駆けつけてきた。攫われた折の詳細を聞いた。

「あらかじめ舟を用意していて、攫う機会を探していたわけだな」

「ええ。海上で殺し、魚の餌にするつもりだったに違いありません」

話していて、房太郎の顔に恐怖が蘇った。怒りと恐怖が、交互に顔に表れる。

侍の特徴としては、顔を布で隠していたから、はっきりしているのは絣の着物だけだった。

「鴻山に違いないが、証拠はないな」

絣の着物など、多くの者が身に着けている。

「嚙みついたのは、どちらの手だ」

「ええと、左手だったと思います」

体の位置を確認するようにしてから言った。

「深く噛みましたから、膚（はだ）は裂けているはずです」

これは自信の顔だった。手首付近に布を巻いていれば、捜す目安になる。

「では鴻山が怪我をしているかどうか確かめよう」

「再び襲われる虞があるから、しばらくは伴ってきた藩士を、護衛に付けると伝えた。

夜は熊井屋に泊まり、外出時は同行する。

「しばらくの間だ」

「利息のうちですね」

房太郎は、用心棒を雇ったような気持ちなのかもしれない。できるだけ外出はさせたくないが、日々物の値を検めるのは、重要な仕事だ。侍が付くのは、心強いだろう。

正紀は植村を伴って、本郷の高崎藩中屋敷へ行った。門番に訊くわけにはいかないので、正門近くの辻番小屋を訪ねた。

「左手を怪我した、部屋住みの侍が帰ってこなかったか」

「さあ」

胡麻塩頭（ごましおあたま）の番人は、しばし首をひねってから、ああという顔になった。

「そういえば半刻ほど前に、白い布を手首に巻いた若い侍が屋敷に入ったかと」

これを聞いて、房太郎を攫って殺そうとしたのは鴻山だと確信した。

山野辺は、房太郎が攫われた汐留川の船着場へ行った。昼下がり、何艘もの荷船が行き来していて、河岸道にも人は多かった。房太郎が舟に乗せられたとおぼしき船着場では、中年の人足ふうが煙草をふかしていた。

「ここで昼四つ（午前十時）あたりに、若い商人が攫われたが気付いていたか」

「いや、そんなことがあったんですかい」

驚いた顔をした。四つ頃にはこのあたりにいたが、何も起こってはいなかったと付け足した。傍にいた仲間の男も頷いた。

次に近くの河岸道で、麦湯を売っている婆さんにも問いかけた。

「そういえば、誰かとぶつかって尻餅をついたお店者がいたけど、それだけですよ。騒ぎにはなりませんでした」

同じ刻限で近くにいても、変事があったと気付いた者はいなかった。人出の多いがさがさした場所である。若いお店者や深編笠の侍なぞ、珍しくもない。房太郎も、声を上げられなかった。

鴻山の動きは、手際よかったことになる。

誰も気付かなかったわけだ。

「ああ。確かにそこに、小舟が舫ってありましたね。いつの間にかなくなっていましたが」

小舟を覚えていた者はいた。しかし出てゆく様子を見てはいなかった。

「誰かの持ち舟であろう」

「ええ。でも舟が奪われたという話は聞きません」

房太郎を乗せた舟ではないかもしれないし、どこか違うところから漕いできたのかもしれない。

それから山野辺は、小舟を雇って、汐留川から江戸の海に出た。汐留川よりも舟は揺れるが、危ないとは感じない。心地よいくらいだ。

杜の向こうに鳥居が見え、鉄砲洲稲荷の近くへ来たのが分かった。このあたりから稲荷の近くで、釣りをしている町人の隠居ふうがいた。舟のまま近寄って声をかけは、佃島や霊岸島も見えた。

舟の持ち主を割り出せれば、鴻山の犯行を特定できそうな気がした。問題は房太郎を逃がした後、舟がどこへ行ったかということだ。

房太郎を助けた二人の侍についても、気が付いた者はいなかった。

た。

「舟から落ちて、助けられたお店者ねえ」

このあたりに来たのは昼前だが、そういう場面は見なかったと言われた。

他に見えるところに釣り舟はない。しかし佃島に戻る漁師のものらしい舟があった。

近寄って、同じことを尋ねた。

「ああ、そういえばありましたね。四つくらいのときでした。他の舟が助けに行った

ので、あっしはそのまま船着場へ行きましたが」

「落ちた者を救わなかった武家の舟がいたはずだが、気が付いたか」

「そんな舟もいましたね。すぐに離れていきやした」

見ていたのは幸いだ。

「行ったのは、どちらの方か」

「あちらの方で」

指した方向は、亀島川のあたりだ。八丁堀と霊岸島の間に流れる川だ。

すぐに舟を向かわせた。舟が停められていないか、ゆっくりと船着場を検めながら

進んだ。

「あれは」

小さな船着場に小舟が舫ってあった。これだと思ったが、近所で訊くと、持ち主が
いた。

さらに進むと、また停められている小舟があった。早速町の者に尋ねた。

「さあ、誰のものか」

持ち主が見つからなかった。

「このあたりの者の舟ではありませんね」

複数の者が言った。となるとどこかで奪った舟を、ここで乗り捨てたことになる。

　　　　五

銚子に着いた三日目も、源之助は飯沼の干鰯〆粕魚油問屋を廻った。今日は千代が、

昵懇にしているという問屋三軒を紹介してもらった。

そのうちの一軒は、昨日話も聞かずに断ってきた店である。源之助は怯みそうにな

る気持ちを奮い立たせて、その問屋から訪ねることにした。

「おや、またですか」

源之助の顔を見た番頭は、不快そうな顔をした。しかし千代からの紹介状を渡すと、

態度が変わった。

「まあおかけください」

上がり框に腰を下ろすと、番頭も向かい合って座った。話を聞く姿勢になっている。

千代の紹介は、効き目が抜群だった。

高岡河岸を使う利点を含めて、源之助は概要を話した。昨夜のうちに分かりやすい絵図を拵えた。それを広げて、地の利のよさを伝えた。

「なるほど、印旛沼へ運ぶときには、取手へ運ぶよりも都合がよさそうですね」

「小貝川に運ぶ場合にも、無駄はありません」

「まずは印旛沼の便で、使わせていただきましょう」

「そ、そうか」

鬼怒川や小貝川の便でも使ってもらいたかったが、松岸屋以外では初めて約束が取れたから嬉しかった。ただ印旛沼の分だけでは、量はたかが知れていた。

「鬼怒川や小貝川の分は、すでに取手の納屋と話をつけていますんでねえ」

新たに高岡河岸を使うとなると、そちらを解約しなくてはならない。それが足枷になっていると知った。

商いは難しい。一つのことが他のいくつものことに繋がっている。

「替えるとなると、違約金がいります。高岡藩で、出していただけるのでしょうか」

「いや、それは」

今の高岡藩には、その余力はない。

次に行った店も、話は聞いてくれた。しかし相手をした主人は、いい顔をしたわけではなかった。千代の顔を立てた、という感じだ。

「相済みません」

と頭を下げられた。

「すでに、約定を交わしている納屋があるわけだな」

「さようで」

これはどこの問屋へ行っても、同じではないかと考えた。では各問屋が受け入れやすくするにはどうすればいいのか考えた。おそらく房太郎も、そうするだろう。使ってほしいというこちらの気持ちだけを訴えても、相手は己に利がなければ聞かない。

「年内の約定があるならば、来年からではいかがか」

「それならば」

主人は、表情を緩めた。

印旛沼方面だけでなく、鬼怒川や小貝川方面の荷でも高岡河岸を使ってもらえるこ

とになった。すぐの利益にはならないが、これは大きかった。

使用料の割引も、好材料だったようだ。

三軒目でも千代の書状を見せると、主人はこちらの話を丁寧に聞いた。これまでで一番熱心だった。割引の件にも、満足した気配だった。

一通りの話をしたところで、主人は小浮の話をした。

「あの方には、たいそうお世話になりました」

運上金（うんじょうきん）の支払いで過剰な請求をされたとき、小浮から助言をもらった。役所との折衝（せっしょう）では、付き添ってくれたとか。

「それで余計な支出が抑えられました。運上金はその年だけではないので、大いに助かりました」

「何よりではないか」

「はい。そこでですが、千代さんがわざわざ紹介状をお書きになったとは、親しい間柄なのだと存じます」

「ま、まあ」

「取手の納屋と約定を交わしていますが、断りを入れましょう」

これは驚いた。鬼怒川と小貝川、印旛沼へ運ぶ荷を高岡河岸で積み替えることにな

　主人は小浮と高岡藩の繋がりを知っているわけではない。千代の紹介だから、源之助の申し入れを受けた。

「千代さんが、紹介状を書いたのは初めてです」

　高岡藩への気配りだ。

　正森は高岡藩で何が起ころうと、何の気配りも助力もしないと源之助は考えていた。てっきり正森の心は高岡藩から離れてしまったかと源之助は思っていた。千代が高岡藩のために一肌脱いでくれるのは、先日の〆粕と魚油の強奪阻止に正紀らが力を貸したことは大きいが、それだけではないと感じ始めていた。

　もともと正森は、高岡藩について千代に悪くは言っていなかったのではないか。それが根にあるから、逗留を勧めたり適切な助言をしてくれたりしていたのだ。今回の紹介状も、それと同じではないかと源之助は考えた。

　四軒目からは、また伝手のない問屋の敷居を跨ぐことになった。

　二軒続けて話だけは聞いてくれたが、使用は断られた。しかし三軒目は、印旛沼や小貝川方面への荷運びでは使ってもよいと言った。

「代金を割り引いていただけるならば、好都合です。取手の納屋との約定も、ちょ

ど切れるところでございました」

これは幸運だった。

「もう三日おいでになるのが遅かったら、取手の納屋に決めるところでした」

と言われた。

「昨日よりも、手応えがあるぞ」

胸のうちで呟いた。こうなると、気持ちも沸き立ってくる。

ともあれ高岡河岸の地の利のよさを伝え、また使い始める時期については融通が利

くことを強調した。割引についても必ず触れた。

この日はもう二軒、印旛沼と小貝川への荷を置く話をまとめられた。

夕刻、源之助は満足して飯沼の町から飯貝根の松岸屋へ戻ることにした。町を外れ

ると、松林の道になった。納屋や網干場などもある。

薄闇があたりを覆っていた。波の音が、近くなった。

彼方に飯貝根の集落が見えてきた。そこへ乱れた足音が響いた。六人の浪人者が現

れて、行く手を遮られた。

ものも言わず、睨みつけてきた。殺気が漂ってくる。

「通していただこう」

　源之助は正面にいる浪人者に言った。他の者たちの動きにも気を配っている。

「いや、それはできぬ。そこもとには、このまま江戸へお戻り願いたい」

　そう言うと、頭格の浪人者は腰の刀に手を触れた。これは脅しだと分かったが、源之助に怯む気持ちはなかった。源之助は幼少の頃から、神道無念流戸賀崎道場で剣の修行をしてきた。

　ただ二、三人までならばともかく、六人は多かった。まともに戦っては、勝ち目はない。蹴散らして逃げるしかなかった。

　源之助も、腰の刀に手を触れさせた。それを見た六人は、鯉口を切った。数を頼んでいるからか、口元に嗤いを浮かべている者もいた。

「やっちまえ」

　六人は、刀を抜いた。源之助も抜刀した。

「やっ」

　斜め前にいた浪人者が斬りかかってきた。源之助は前に出ながら、その一撃を払った。刀身の動きを止めず、右脇にいる浪人者に突き出した。

「おおっ」

　その浪人者には、予期しない動きだったらしい。横に跳んだ。それでできた隙間に、

源之助は身を躍らせた。

けれども相手は六人で、すばしこい動きをする者もいた。すぐに二人が前を塞いだ。

両脇からも刀身が突き出された。

「逃がさぬぞ」

頭格の浪人者が言った。刀身を構え、じりじりと前に出てきた。

「おのれっ」

逃げられないと察した。ならば一人でも二人でも倒すしかない。

「やっ」

ここで真横にいた浪人者が斬りかかってきた。その刀を下から弾いたが、斜め前の浪人者が切っ先を突き込んできた。

避ける間はなかった。

だがこのとき、横から刀身が現れて払い落とした。いきなり長身の侍が現れたのである。

「これは」

源之助を庇う形で立った。

正森だった。正森は、六人の浪人者たちを睨みつけた。

「六人で一人は、卑怯であろう」

腹に響く声だった。源之助でさえ、威圧感を覚えた。浪人者たちが動揺した。半歩、後ろへ引いた者もあった。正森の助勢は大きかった。

「ちっ」

頭格の浪人者は、舌打ちをした。小浮森蔵を知っているらしかった。

「引けっ」

声を上げると、浪人者たちは刀を引いた。散り散りにこの場から離れて行った。しょせん銭で雇われた烏合の衆だった。旗色が悪くなったところで、戦意を失ったらしかった。

「ありがとうございます」

源之助は頭を下げた。間違いなく、斬られるところだった。

「礼を言われるには及ばぬ。あやつらは蛆虫だ。踏み潰せばよい」

それで行ってしまった。

たまたま通りかかっただけだろうか。いずれにしても、命拾いした。正森から発せられる気迫は、壮年の剣士のものだった。

源之助は松岸屋へ帰ると、ここまでの出来事を文にして、翌朝の江戸行きの船に託

すことにした。

六

窓の障子を開けると、夕暮れの浅草川の風景が見えた。対岸では、明かりを灯した家もある。すでに荷船の姿はなく、男客を乗せた猪牙舟が川上に向かって進んで行く様子が目に入った。

鴻山鉄之介は浅草黒船町の船宿で、ちらと窓の外の景色に目をやってから、波崎屋五郎兵衛と向かい合って座った。

「房太郎を仕留めそこなったのは、惜しかったですな」

五郎兵衛が言った。襲ったのは三日前だが、鴻山はまだ左手に白い布を巻いていた。思いがけず強く噛まれた。痛みはまだ残っていた。

「また機会はあるであろう。何しろあやつは、そなたの息子を死に追いやり、納場家のこれからを摘んだ者たちの仲間だからな」

納場家は家老にもなれる家柄で、鴻山にとっては誇りだった。婿に入った鴻山家は家格が落ちるから、いずれは兄征之介に引き立ててもらうつもりだった。

しかしその企みは、小浮森蔵と佐名木源之助、房太郎によって叶わぬものとなった。

父の帯刀から、詳しい事情を文で知らされた。五郎兵衛からも、会って話を聞いた。敵として、三人の名が脳裏に刻み込まれた。その恨みは大きい。小浮は江戸にいないが、源之助と房太郎の顔は、屋敷と店を見張って検めていた。

五郎兵衛から恨みを晴らさないかと告げられて、仲間になることに躊躇いはなかった。

企みに使う金子を渡された。帯刀からも、五郎兵衛に力を貸せとの文が届いていた。

「銚子へ出向いた源之助は、高岡河岸を活用するために、土地の干鰯〆粕魚油問屋を廻っているようにございます」

今日、飯沼の次太郎から文が届いたと五郎兵衛は告げた。その文に、鴻山も目を通した。

松岸屋や小浮が力を貸していると記されていた。

「小浮や松岸屋は、なぜ高岡藩に力を貸すのでしょうか。そこが腑に落ちませぬ」

「うむ。千俵の〆粕運びの折には、源之助だけでなく高岡藩の藩士も力を貸していたそうだな」

「やつらはぐるのようです。どのような関わりがあるのか、明らかにしておいた方が

「それはそうだが、なかなか尻尾を出さぬ」

「よさそうです」

鴻山はため息をついた。

深川南六間堀町を見張っていて、出てきた小浮をつけた。行った先は、丸山浄心寺
だった。

高岡藩先々代藩主の法事が行われていた。見た限りでは、小浮は丁重な扱いを受け
ていた。

誰かと尋ねようとしたとき、藩士が駆け寄って来て訊けなかった。後で中間に問い
かけて、その侍が佐名木源之助だと知った。

「あの小浮なる爺は、曲者でございますな」

「歳は、どれほどであろうか」

「矍鑠としてはいますが、八十くらいはいっていそうな気もいたしますが」

だとしたら、化け物のような爺さんではないか。七十歳でさえ、めったにいない。
南六間堀町界隈で訊いた限りでは、誰も歳を知らなかった。高岡藩の上屋敷を見張
って、出てきた中間何人かに問いかけたが、小浮森蔵を知る者は一人もいなかった。

高岡藩上屋敷の門前では、聞き込みをしていて門番に怪しまれた。

「どこを探ったらよかろうか」

思いつくところは、すでに当たっていた。

「そうですな」

五郎兵衛は、すっかり暗くなった窓の外へ目をやりながらしばらく考えるふうを見せてから、口を開いた。

「高岡藩は、浜松藩井上家の分家でございます。そこや同じ分家の下妻藩あたりで訊いてみてはいかがでしょうか」

「なるほど」

鴻山は頷いた。

翌日鴻山は、日本橋浜町の浜松藩上屋敷の門前へ行った。商家が多い浜町河岸も、このあたりは武家屋敷が並んでいた。

門からやや離れたところで、屋敷から出てくる者を待った。そして出てきた軽輩とおぼしい侍に問いかけた。

声をかけたときには、おひねりを握らせている。

「高岡藩の、小浮森蔵様でござるか。とんと聞かぬ名でござるが」

他にも三人、中間と若党ふうに訊いた。しかし小浮森蔵を知る者はいなかった。

そこで鴻山は、愛宕下大名小路の下妻藩井上家の上屋敷へも足を延ばした。

しかしここでも、小浮森蔵を知る者はいなかった。

「どうにもならぬのか」

と落胆しかけたところで、もう一か所尋ねられる場所が思い当たった。井上家の菩提寺、駒込丸山の浄心寺だった。

愛宕下からは遠いが、気迫をもって向かった。初めてではないから、道には迷わない。

山門前に来ると、小坊主が道で水を撒いていた。すぐに問いかけた。

「小浮森蔵という方が高岡藩にいらっしゃるかどうか、私には分かりません」

そこで境内に入って、目についた二十歳くらいの僧に問いかけた。

「一つ、お尋ねいたしたい」

懐に、五匁銀を押し込んだ。五郎兵衛から使えと渡されたものだから、惜しいとは思わなかった。

「小浮森蔵様という名のご家中は、おいでにはなりません」

僧はきっぱりと言った。

「しかし先日の法事では、おいでなされたと存ずるが」

「そうだとしても、寺としては与り知らぬことでございます」

藩主の姻戚あたりが、客として呼ばれることは珍しくない。そういう客について、

寺は関与しないのだと言い足した。

そうなると、確かめようがない。力が抜けかけたが、もう一つ問いかけておくべき

ことが頭に浮かんだ。

「高岡藩井上家には、八十歳前後の親族や重臣のご隠居はおありでござろうか」

とてつもない高齢だ。いたら覚えているだろう。

「ああ、それならば正森様がいらっしゃいます」

「正森様とは」

初めて耳にする名だった。

「先代の藩主様です」

「上屋敷か中屋敷においでなのか」

「いえ。病の療養のために、国許においでだと伺っています」

だから節目の法事の折にしか顔を出さないとか。

「では先日の法事の折には」

「拙僧は、お顔を見ませんでした」

そもそもめったに顔を見せない正森の顔を知っている者は、少ないらしかった。

「八十歳前後の老人が、何人もいるとは思えない」

そっと呟くと、胸が躍った。

ひょっとして小浮森蔵は、井上正森なのではないか、という仮説が、頭に浮かんだからだ。

それならば、山門にいた藩士たちが、丁重に扱ったわけが分かる。

先々代の藩主の法事に現れたのは、おかしくはない。しかし国許で療養しているはずの前藩主が、江戸と銚子を行き来しているのは、許されることではない。これが公になったら、高岡藩はただでは済まないだろう。

「これは、とんでもない話だぞ」

房太郎などという小物を相手にしている場合ではない。鴻山はほくそ笑んだ。

第三章　探る若侍

一

　朝の読経を済ませると、正紀は今日も少しの間孝姫をあやした。離れたところから手を叩くと、よたよたと歩いて近づいてくる。必死の形相が愛らしい。

　しかし途中で転んで「わあ」と泣く。

　その歩き方が、日を追うごとにしっかりしてきた。ときによっては、はいはいの方が早いときがある。しかし歩きたがり、歩くことで足腰がしっかりしてきた。

　歩いてたどり着けたときには、高く抱き上げてやる。「空を飛ぶ」をやってやる。

　孝姫はきゃっきゃっと声を上げて喜ぶ。

　何度も何度もやらされるのには、辟易した。

京には、房太郎が襲われた件について、直後に話をしていた。そして今朝も鴻山らの話になった。

「正森さまには、何も起こらないのでしょうか」

剣の達人とはいえ歳でもあるし、一人での行動がほとんどだから、大勢にかかられたらひとたまりもないだろう。房太郎のように、用心もしない。京はそこを案じていた。

「どこにおいでになるか分からない。近寄ればうるさがられる」

「まことに」

「いつも手の届かないところにおいでになる。そこが手を焼くところだな」

「和さまも、案じていらっしゃいます」

と不安な顔をした。

強面で、金槌で叩いてもびくともしないような人物に見える。しかしその中に、危うさを感じる。剣と健康を過信しているところだ。

また小浮森蔵が何者かと怪しみ、調べる者がいる。今後どのような動きをしてくるか分からない。

その後正紀の御座所で、佐名木と井尻を交え打ち合わせをした。

銚子の源之助から

届いた二つの文についての話だ。

一通目の文には、鰯が戻ったことや高岡河岸の使用についての報告、漁師泰造が船上で斬られたこと、先ほど届いたばかりの二通目の文には、問屋廻りのことと、浪人者に襲われそうになり、正森に助けられたことなどが記されていた。

「泰造を斬ったのは、次太郎と征之介の仕業と考えるのが、妥当なところだろうな」

正紀は二人の顔を知らないが、納場帯刀と波崎屋五郎兵衛に代わる者として受け取っていた。

「源之助を襲ったのも、そやつらの指図に違いないでしょう」

佐名木が応じた。

「高岡の納屋は、土固めが終わったようです。これから上物を建てるとの知らせがありました」

納屋の普請は順調に進んでいると、井尻が続けた。すでに必要な古材木は集まったそうな。

「一つ、気になることがあります」

と佐名木。下妻藩の昵懇の知人より、文が来たとか。

「それによりますと、当家関わりの者として、小浮森蔵なる人物がいないか尋ねに来

た者があったとか」

「それで、何と」

「問われた者は、そのような人物はいないと答えたそうでございるが」

他の用のついでにといった形で、記されていた。昨日のことである。

そこで佐名木は藩士を下妻藩邸まで走らせ、尋ねた者の風体を訊いてこさせた。

歳は十七、八の部屋住みふうで、左腕に布を巻いていたとか」

「鴻山だな」

房太郎が嚙みついたことが、思いがけないところで役に立った。

「さようで。小浮森蔵を、当家ゆかりの者と考えて探っているようです」

「ううむ」

「まだ正森様とは繋がっていないようですが、気付かれると面倒です」

正森は小浮であると、本家浜松藩や分家仲間の下妻藩で知っている者はいない。高

岡藩士でも、ごく一部の者だけしか知らないことだ。しかしどこから漏れるかは分か

らなかった。

「存じている者には、改めて口止めをいたしましょう」

佐名木が言った。

鴻山の動きが、活発になっている。様子を探る必要がありそうだった。植村に、高崎藩中屋敷の見張りをさせることにした。

本郷通りを経て、植村は高崎藩中屋敷の長屋門が見えるあたりに立った。すでに昼四つに近い刻限になっていた。

鴻山が出てきたら、つけるつもりだった。

武家地で、たまにしか人は通らない。門番所からは、見えにくい場所を選んで立っていた。

すると四半刻（三十分）ほどで、足音が聞こえた。物陰から目をやると、鴻山だった。左手首に、布を巻いている。

出かけるのではなく、外出から帰ってきたのだった。植村が着く前に、出かけていたようだ。

今日はもう動かないかと思ったが、命じられていたので、日暮れまで見張ることにした。懐には、握り飯を押し込んでいる。退屈ではあったが、細かな作業をするわけではないから、植村にはこの方が楽だった。

屋敷には、多少の人の出入りはあった。

そして夕方近く、旅姿の侍がくぐり戸から出てきた。顔を見て声を上げそうになった。

鴻山だった。通りに出ると、そのまま歩き出した。

「行き先は高崎か銚子か」

腹の奥が熱くなった。間を空けてつけた。足早に歩いて、本郷通りに出た。そのまま昌平橋方面に歩いて行く。

立ち止まることもなく神田川河岸に出て、昌平橋を南に渡った。八つ小路の雑踏の中に入った。

ここには屋台店や大道芸人が多数出て、人で賑わっている。江戸でも指折りの盛り場だ。

すでに薄暗くなっていて、仕事帰りの職人ふうも少なくない。見失いそうなので、植村は間を詰めた。鴻山は、何回か露店の前で立ち止まった。品を検めたり、店主に声掛けをしたりした。饅頭を蒸す、甘いにおいもどこかからしてきた。

そしてわずかによそ見をした後で、鴻山の姿がなくなっているのに気が付いた。慌てて見失った場所へ近づいたが、影も形もない。周辺を見回しても、それらしい姿は

なかった。

「くそっ」

植村は巨漢で目立つから、気付かれたのかもしれない。抜かったと自分を責めたが、どうにもならない。

そこで思案した。見失いました、では帰れない。

部屋住みとはいえ、高崎藩士の家の鴻山が出かける先は、高崎か銚子以外では考えられない。ならば確かめる手はあった。

毎日、暮れ六つ（午後六時）に両国橋東詰の船着場から、関宿行きの六斎船（ろくさいせん）が出る。人を運ぶための船だ。

これに乗るのだと見越して、植村は東両国を目指して走った。西空の朱色の日は、徐々に落ちてゆく。

船着場に着くと、六斎船は今しも大川へ滑り出たところだった。橋の欄干（らんかん）から、身を乗り出して船に乗る者を検めようと思ったが、幌がかかっていた。がっかりしたが、

植村は船着場へ降りた。

見送りに来ていた者が、引き上げるところだった。その中の一人、中年の女房に問いかけた。

「左手首に白布を巻いた、若い侍が乗り込まなかったか」

「それならば、いましたよ」

中年の女房はすぐに答えた。　緋の着物だったとか。　鴻山鉄之介に違いなかった。

正紀は、佐名木や井尻と共に植村の報告を聞いた。

「何のために銚子へ行くのか」

関宿経由で高崎へ行けないわけではない。　しかしそれでは遠回りだ。　銚子行きだと判断した。

「表向きは、親族の病とでも称したのでしょう」

佐名木が返した。　部屋住みとはいっても、勝手に江戸を出ることは許されない。　適当な理由を拵えたに違いなかった。

「これまでの動きからしたら、小浮殿の調べを、銚子でもしようということだな」

「そうですな。　江戸での調べは手詰まりということでしょうか」

正紀の言葉に、井尻が応じた。

「できればしばらくの間、正森様には高岡の陣屋にいていただきたいが」

ため息が出た。　正紀が頼んで、聞く相手ではなかった。

「ともあれ源之助と千代殿、高岡の青山には伝えておこう」

正紀は、三人にあてて文を書いた。ここは慎重にやりたいところだった。

鴻山が高岡へ現れたら、捕らえてしまいたい。

二

「屋根葺きは、慎重にいたせよ。古材だから雨漏りがあったでは使う者はいなくなるぞ」

普請の奉行を命じられた青山は、屋根葺きにかかる藩士たちに声をかけた。槌や鋸の音が、あたりに響いている。

利根川の流れは、いつもと変わらない。大小の荷船が、行き過ぎた。〆粕の俵を濡らしては、納屋の用は果たせない。土台と屋根は、一番気を使うところだった。

各村から集められた古材は、川べりに積まれている。そこから橋本利之助は、適した材木を選んだ。

積まれた古材の脇では、鋸を使って必要に応じた大きさに加工をしている者がいる。

材木は納屋を建てるためのものではないから、どれもそのままでは使えない。普請方が拵えた図面に従って切り出す。

その役目は、橋本が村の者を使って行った。

「古材でも、しっかりしたものを拵えますぜ」

村の者は、手を休めずに言った。暇なわけではない。田植えに備えてやることは山ほどある。わずかな合間を縫って、ここへやって来ていた。

この納屋のための、新しい船着場も拵えた。

「荷船が来たぞ」

声が上がる。納屋に荷を入れたり運び出したりするときには、橋本が立ち会う。この

れまでの四棟の納屋が建ち並ぶ河岸場まで、橋本は駆けた。

息つく間もなく橋本は帳面を検め、荷の数をかぞえる。数字が合えば船頭に署名をさせる。百姓は荷運びをした。

預かった品は、毀損したり濡らしたりすることなく確実に送り出す。それが高岡河岸の信用になると、橋本は考えていた。

積み替えが済むと、船は出航する。誰かに見られているような気がした。橋本は振り向いてあたりを

見回したが、それらしい者はいない。

利根川に沿った道は、木颪から滑川、高岡や佐原を経て飯沼へ行く道筋になっている。陸路の者が通るのは珍しくない。ただ高岡には、旅籠も飯屋もない。旅人は、通り過ぎて行くだけだった。

ここで橋本は、百姓から声をかけられた。

「今そこで、旅のお侍から声をかけられました」

「ほう。どのような」

「何のための納屋を建てているのかと」

「それで」

「干鰯や〆粕を入れると答えました」

これだけならば、問題はない。通りかかった者が、何をしているのかと気にかかって問いかけるのは不思議ではない。

「その後で、違うことも訊かれました。小浮森蔵様を知っているかと知らないので、知らないと答えたそうな。さらに問いかけられた。

「では陣屋に、正森様はおいでになるかと訊かれました」

正森のことを問われるのは意外だった。ほとんど話題にならない人物だ。存在を忘

れている。

「それで何と」

「あんまり顔は見ねえと答えました」

百姓の正直な答えだろう。

正森が陣屋にいることになっているのは、橋本も知っている。出かけたきりめった
に戻ってこないが、気にもしなかった。藩政に関わりのない人物である。一揆があっ
たときにも、まったく動いてくれなかった。

正森は病のために高岡にいることになっているから、「あんまり顔は見ねえ」とい
う返答は、的外れではない。

「よそ者に、余計なことは話さぬようにいたせ」

とは言ったが、橋本は気に留めたわけではなかった。

工事は、滞りなく進んでいる。屋根の出来も納得のゆくものになっている。

昼下がり、橋本はいったん陣屋へ行って、船主から要望のあった荷の変更について
伝えた。陣屋を出ようとすると、門番が旅姿の侍と話をしているのに目を留めた。

若い侍で、絣の着物を身に着けていた。左手首には、白布を巻いている。橋本に気

付いた若侍は、すぐにその場から立ち去っていった。

門番に尋ねた。

「何を話していたのか」

「ご療養中の正森様のお加減は、いかがかというものでした」

「ほう」

それで初めて、不審に感じた。

正森について、調べている気配だ。橋本に気が付いて、慌てて立ち去ったのも、胡乱な動きといっていい。本当に案じての問いかけならば、途中で立ち去る必要はない。

「で、どのように答えたのか」

「近頃は、だいぶいいのではないかと話しました」

陣屋にいるのかと問われたのではなかった。問いかけに面食らったが、容態を答えたことになる。

ならば「いるか」と訊かれたら、「いない」と答えたかもしれない。

「よそ者に問われても、陣屋内のことは、話さぬようにいたせ」

橋本は念押しをした。

「そういうことを、他にも問われた者はいるのであろうか」

気になって、橋本は河岸場に戻ると、作業をしている百姓に問いかけた。

「ええ、尋ねられました」

そう答えた者が二人いた。

「ここにはいねえが、畑にいたとき、いきなり声をかけられた者がいました」

河岸場だけでなく、村でも聞き込みをしたらしい。

正森が陣屋にいるかどうかなど、ほとんどの者が知らない。関心もない。曖昧(あいまい)な返事しかできない様子だった。

その翌日、青山は正紀から文を受け取った。鴻山鉄之介についてのものだ。橋本にも読ませた。

「あやつは、納場の倅だったわけですね」

二人の意見は一致した。

「藩を探る不審の者として捕らえましょう」

「うむ。しばらく牢屋へ押し込めておこう。歯向かったならば、斬り捨ててもかまうまい」

「領内で、勝手な振る舞いは許せませぬ」

藩を揺るがす大事と捉えた。徒士の藩士を使って、鴻山を捜させた。しかし今日は、左手に白布を巻いた侍は姿を消していた。

納屋を建てる作業は、着々と続けられてゆく。

三

飯沼にある干鰯〆粕魚油問屋を、源之助は一通り廻った。高岡河岸を使うと言ってくれた問屋はあったが、全部合わせても納屋が充分に使われる量ではなかった。江戸だけでなく、利根川やその支流沿いの村々に卸しているところも少なくないと、千代から聞いた。

そこで次は、飯貝根の干鰯や〆粕を拵える作業場を訪ねることにした。

源之助が廻るのは、鬼怒川や小貝川、印旛沼に荷を運ぶところだ。

北浦や霞ヶ浦は近いので、高岡まで行く必要がない。銚子から直に船が出た。

関宿から下って来る荷を受けるのも高岡河岸の重要な役割となっている。これだと鬼怒川や小貝川、印旛沼だけでなく、北浦や霞ヶ浦に荷を運ぶ中継点になった。

しかし干鰯や〆粕、魚油は、銚子から運ばれるだけだ。普請中の五棟目の納屋は、

その荷だけで、一杯にしなくてはならない。

たいへんなようだが、干鰯や〆粕、魚油は、江戸でなくとも求める者は多い。肥料として人糞よりも値が張るが、効き目が強い。

飯貝根では千代の顔があるから、門前払いはなかった。

「ならばお願いいたしましょうか」

というところが、早速あった。

「来年からならいいですよ」

というのでも、歓迎だった。使ってもらえる話ならば、多少の無理は受け入れるつもりだ。

次の作業場へ向かうには、漁師の家の間を抜ける道を通る。どう使うか分からないが、漁具らしいものが軒下に干してある。

歩いていると、甲高い娘の声が耳に飛び込んできた。目をやると、爺さんと孫娘らしい二人が、諍いをしている。娘は、まだ十三、四歳くらいか。

事情は分からないが、出かけようとする爺さんを、孫娘が引き止めている様子だった。

娘は何か言いながら、爺さんの腕にしがみついていた。

「うるせえ」

苛立ったらしい爺さんは、娘を突き飛ばして行ってしまった。

源之助は、その爺さんの顔に見覚えがあった。銚子に着いたときに、波崎屋へ様子を窺いに行った。そのとき現れた、四人の漁師のうちの一人だった。一番年嵩の者で、殺された泰造の父泰吉だと末吉から教えられた。

「大丈夫か」

源之助は、尻餅をついた娘を抱き起こした。

「はい」

軽く頭を下げて行ってしまおうとしている娘に、源之助は声をかけた。

「そなたは、泰造殿の娘ごではないか」

亡くなった泰造の、知り合いだという言い方にした。

「おとっつぁんを知っているんですか」

「うむ。松岸屋で何度か会ったことがあるぞ」

腰を屈めて、目の高さを合わせて言った。嘘を口にした後ろめたさはあったが、他に近づきようがなかった。

娘は松岸屋という屋号に、息を呑んだ気配があった。何か言いたそうにしたが、言

葉は出てこなかった。

「泰吉殿も倅を亡くして、心を乱しているのではないか」

源之助は、泰吉の立場に立って告げた。商いは相手の立場に立てと、房太郎は言ったことがあった。主家と己の体面を重んじる武家とは、そこが違う。

「まあ」

掠れた、聞き取りにくい声だった。

「老いて、倅を亡くしたのだからな。いやそれを言うならば、そなたも辛かろうが」

付け足した。娘の身になれば、泰吉とは異なる思いがあるだろう。源之助の言葉に、娘はうなだれた。静いになっていても、爺さんを思う気持ちはあるらしかった。

「じいちゃんは、焦っているんです」

「……」

「あたしたちを、食べさせなくちゃならないから」

そう言うと、駆けて行ってしまった。爺さんの心中は分かっていて、そこに娘の苦渋がある。最後の言葉は、娘の叫びに聞こえた。呼び止めることはできなかった。

松岸屋へ戻った源之助は、泰造の娘に会った顛末を千代に伝えた。

「なかなか、芯の強い子に見えましたが」

「あの子は、おやすといいます。十三歳で、母親はいません」

「だから、しっかりしているのですね」

「泰吉さんは、二人の孫を可愛がっています」

弟は一太といって、十一歳になるそうな。

「一太は漁師になると言っているそうですが、子ども二人ではまだ稼ぎはない。泰吉さんは、自分が何とかしなくてはと、考えているのでしょう」

おやすと同じ意味の言葉だった。

「銚子役所では、泰造さんが殺された一件について調べを行いましたが、明らかにおざなりでした。おやすは幼いなりに、そのことを不満に思っている様子です」

「なるほど。賢そうな娘ですしね」

「それなのに泰吉さんは、波崎屋に近づこうとしています。それで揉めていたのではないでしょうか」

銚子役所では、泰造さんが殺された一件について調べを行いましたが、明らかにおざなりでした。

波崎屋が手を下した証拠はないが、限りなく怪しい。だから泰吉が波崎屋に近づくのを嫌がっているのだろう。

千代からおやすの住まいを聞いて、源之助は翌日、饅頭を手土産に訪ねた。饅頭は、千代が持たせてくれた。

船持ちの家だから、貧乏というわけではない。小さいが、手入れの行き届いた建物だった。

泰吉は漁に出たらしい。姉弟がいた。

「ああ、昨日のお侍さん」

おやすに、怯える気配はなかった。

「これは、千代殿からだ」

饅頭を差し出すと、おやすは困った顔をした。弟の方は、生唾を呑み込んだ。

「かまうな、食べるがいい。松岸屋へ鰯を卸さなくなったとはいえ、それを恨んではおらぬぞ」

弟が、恐る恐る手を出した。おやすは止めなかった。

「そなたも食べるがいい」

源之助は優しい口調で、おやすにも勧めた。

「おとっつぁんを殺したのが誰かは、まだ分からないままです」

饅頭を手にしたが、口はつけないで言った。

「うむ、気の毒なことだ」

「じいちゃんは獲れた鰯を、波崎屋さんに卸そうとしていますが、あたしは嫌なんです」

「なぜかね」

その気持ちは、聞いておきたい。おやすなりの思いがあるだろう。

「だって波崎屋さんは、前から鰯を仕入れたいって、おとっつぁんのところへ来ていたんです」

「泰造殿は、断っていたわけだな」

「そうです。初めはにこにこしていましたが、おとっつぁんが断ると、急に怖い目になったんです」

おやすは、その目に震えたらしい。

「その後も、波崎屋は家に来たのだな」

「はい。おとっつぁんが死んだら、急にまた優しくなってやって来ました」

好条件を示された。働き盛りの倅を亡くした泰吉は、弱気になっていたのだろう。

話に乗った。

しかしおやすは、それが嫌だったらしい。

「急に変わるなんて、おかしい」

これが本音なのだろう。

「じいちゃんだって、分かっているんだ。それなのに、話に乗っちゃって。止めたん
だけど」

状況が飲み込めた。

四人の漁師の中で、波崎屋の話に乗るのを反対した泰造を、次太郎は納場の手の者
の力を借りて殺した。そして暮らしに困った泰吉にすり寄ってきた。

泰吉にしても何も考えないわけはないが、目先の銭の誘惑に負けたのだと察せられ
た。

おやすは手にした饅頭に、まだ口をつけない。食べるように勧めた。弟の一太は、
二個目に手を出した。

　　　　四

源之助は、もう一つ気になっている問いかけをおやすにした。

「銚子役所の者が調べてくれておるそうだが」

「はい。初めに、園部さまというお侍が調べてくださいました」

園部は親身になって事情を聞いて動いてくれたが、すぐに興野という役人に代わった。すると問いかけもおざなりになり、いつの間にか調べは取りやめになっていた。

「お願いしたんですけど、しばし待てと言われるばかりで」

俯いた。一口齧った饅頭が、手に残っている。

いい加減な調べで幕引きを図ったのは、調べられることが納場にとって不都合だからに他ならない。それで担当者を変えたのだ。己が郡奉行のうちに、一件落着とする腹だ。

この件についても、ひと調べしておく必要があると思われた。納場と波崎屋がなしたことならば、見過ごしにはできない。

手段を選ばず、さらに松岸屋に謀を仕掛けてくるだろう。

泰吉の家を出た源之助は、飯沼の銚子役所へ足を向けた。

銚子役所の門前には高札場があり、その近くには茶店や一膳飯屋、旅籠、暮らしの用を足す品を売る商家などが並んでいる。その中の煮売り酒屋の敷居を、源之助は跨いだ。

婆さんが店番をしている。

近くで餅菓子を買って、それを手土産にした。園部と興

野について、問いかけたのである。

ここの婆さんは千代の遠縁で、銚子役所内のことは、多少は分かるのではないかと伝えられていた。

千代の名を告げて餅菓子を渡すと、喜んで受け取った。

「前は納場さまは絶対だったけど、配下の内橋さまや他の方が捕らえられて、蟄居となった。今はそれも解けましたが、近く高崎へ戻されるっていう噂で、風向きが変わってきましたね」

「どのようにですか」

「前は悪く言う人はいなかったけれど、そうじゃない人が出てきた。嫌われたって、どうせすぐにいなくなる人だからじゃないですか」

「園部殿は、いかがか」

「尻尾は振らない人ですね。だから偉くなれないみたいですけど」

園部八五郎は三十二歳だそうな。家禄は高くない。

「では興野殿は」

その苗字を聞くと、嘲るような口調になった。

「あの人は、面倒なことはやりたがらない人ですね。国許へ帰ることしか考えていな

い」

興野弥兵衛（やへえ）は、五十歳になる。妻子は高崎にいるとか。事の揉み消しに使うのには、興野の方が都合がいいに違いない。

それから源之助は、役所へ行って園部に面会を求めた。高岡藩の名は出さず、松岸屋に寄宿する者で、おやすの依頼を受けたと伝えた。

面談を断られれば、仕方がない。

中間が奥へ知らせると、待つほどもなく日焼け顔の小柄な侍が姿を見せた。

「それがしが、園部八五郎でござる」

人のいない、北向きの六畳間に通された。不機嫌そうな表情ではなかった。

源之助はここで高岡藩士であることを伝え、干鰯や〆粕の高岡河岸使用を促すために銚子へやって来たことを伝えた。隠し事をしては、こちらを信じてもらえないと思った。

おやすと出会って話を聞き、興野の調べに不満を持っていると告げた。

「なるほど。納場様は終わりにしたいところだが、そうはしたくない御仁もいるわけですな」

「まあ」

「そこもとは、銚子の方ではない。にもかかわらず、事件に深入りをなさろうという
のか」

腹を立ててはいないが、疑問に思うらしかった。

「高岡河岸では、干鰯や〆粕を運ぶ中継ぎの地として、長く使ってほしいと願ってお
りまする。しかしその鰯は、手段を選ばぬ悪巧みによって得られたものであってはな
りませぬ。それでは、悪事に手を貸すことになります」

「……」

「また泰造が亡くなったことで、投宿している松岸屋から鰯の仕入れ先が奪われた。
その経緯に不正があるならば正さねばならぬ。娘のおやすも、得心がいかないと申し
ております」

正当な調べがなされた上での打ち切りならば、事を荒立てるつもりはないと伝えた。

「あい分かった。それがしが調べ、お奉行にお伝えしたことは、他の藩士も聞いてお
りまする。そこまでおっしゃるならば、お話しいたそう」

源之助の話をどこまで受け入れたのかは分からないが、園部は頷いて口を開いた。

「泰造の斬り傷は、見事なものでござった。それなりの剣の遣い手でなければ、ああ

　手掛かりは、末吉が海上で遠くから見た侍と町人が乗る舟だけだった。園部は泰造の周辺を洗うことから始めた。すると泰造と波崎屋の間で、鰯を卸す卸さないで揉めた形跡があることが分かった。その段階では、おやすからも話を聞いていた。

　下手人として次太郎が浮かんだが、斬ったのは侍だった。

「そこで次太郎の動きを洗うと、二日前に征之介殿と会っていたことが分かった」

　飯沼の料理屋である。次太郎が事件の数日前、侍と会ったのはそれだけだった。

「死罪になった内橋庄作と波崎屋太郎兵衛は仲間だった経緯があるゆえ、怪しいとなったわけですな」

「さよう。そこで征之介殿にお尋ねいたした」

　声が小さくなった。障子の外を気にする様子だった。

「犯行の刻限に、役所にいたのでしょうか」

　役所の敷地内に、郡奉行の住まいがある。征之介はそこで寝起きしていた。

「いや、出かけておった。町廻りをしていたと述べた」

　征之介は部屋住みだが、郡奉行の嫡男である。管轄地を見て廻り、情勢を知らせることは意味がないわけではなかった。

「はいかぬであろう」

「まことに、町廻りをしていたのでしょうか」

信じがたい思いで問い返した。

「それがしも気になったので、歩いた道筋を訊きました。そして歩いてみました」

「征之介が歩いていたかどうかを、確かめたわけですね」

「すると、話をしたという者があった」

「さようで」

がっかりした。しかしここで園部は、さらに声を小さくした。

「確かに征之介殿を見たという者はいたが、数人だけでござった。一刻半（三時間）

ほど歩いたというから、その間半刻ほど海に出ることは、できないわけではない」

「いかにも」

自分の声が、わずかに上ずったのが分かった。

「さらに調べを進めようとしたときに、お奉行から役替えを命じられ申した」

「そこを詰められては、まずいからでしょうね」

「得心はいかぬが、上からの命には従わねばならぬ」

園部はふてくされたような顔で言った。調べた詳細については興野に伝えたが、そ

れを役立てた気配はなかったそうな。

「ならばそれがしが、勝手に調べるのはかまいませぬな」

「お奉行がどう申されるかは知らぬが、それがしが止めることはでき申さぬ。密かに、手をお貸しすることもできよう」

三月に騒ぎになった〆粕と魚油輸送には、高岡藩も関わった。松岸屋やおやすとの縁もあるので、源之助に話してくれたものと思われた。

もちろん、納場への不満もあるだろう。

園部と別れて、役所の玄関まで来たとき、旅姿の若侍が入ってきた。左腕に、白布を巻いている。役所の侍が、顔を見て頭を下げた。驚いた気配もあった。

源之助もその顔に目をやって息を呑んだ。鴻山鉄之介だった。向こうは、源之助に気付かない。壁際に身を寄せて、顔をそむけた。

「なぜあやつがここに」

源之助は胸の内で呟いた。

　　　　五

源之助は、飯貝根の松岸屋へ戻った。すると江戸から文が来ていた。すぐに封を切

って、文字を目で追う。

高岡河岸を使う船をできる限り増やせという念押しと、襲われた源之助の身を案じる内容と共に、鴻山が江戸を出たと伝えていた。鴻山は、小浮が正森ではないかと探っている模様だと付け加えられている。

銚子役所で顔を見かけたが、その意味を源之助は理解した。

「これは藩の存亡に関わるぞ」

正紀に告げられるまでもなく、事の重大さを肝に銘じた。

こうなると、正森にも伝えなくてはならない。胸にとどめておくだけでは済まなくなった。

千代を通して、正森との面談を求めた。銚子へ出てきて、危ないところを助けてもらったが、言葉を交わしたのはあのときだけだった。

一度は「話などない」と断られたが、それでもと頼んだ。正森は、渋々という顔で面談の部屋へ姿を見せた。

「まことに畏れ入りますが」

というところから、鴻山が銚子へ姿を見せた件、さらにここまでの一切合切を伝えた。そしてしばらくは、高岡の陣屋にいてほしいと懇願した。

正森は話を聞いたが、それで心を動かした気配はなかった。

「それはあくまでも、藩の都合であろう。今までは何をしているか、気にも留めなか

ったはずだ」

冷ややかな口ぶりだった。

「尾張の者は、己の都合しか考えぬ」

正国や正紀への不満もあるらしかった。

「いえ、高岡藩井上家が困りまする」

佐名木家は、尾張とは関わりのない高岡藩井上家譜代の臣である。そのつもりで言

った。

「漏らさなければよい。銚子で存じているのは、千代と作左衛門だけじゃ」

「いや」

ここで源之助が考えたのは、「果たしてそうか」ということだった。

松岸屋には、たくさんの奉公人がいる。悪意はなくても、小浮森蔵が何者か知りた

いと思う者がいてもおかしくはない。人品を考えれば、大名家か大身旗本家の隠居と

見るのが当然だ。

そして源之助も含めて、高岡藩の者が逗留している。「大殿」と呼んでいるのを、

耳にした者がいるかもしれない。

高岡藩の内情に精通していれば、正森に行き着く虞があった。しかも小浮森蔵は、納場に自ら高崎藩主輝和とは面識があるとにおわせている。それとも重なる。

怒りを買うかとも思ったが、そのことも伝えた。

けれども正森は、聞き終わっても表情を変えなかった。

「気に入らぬならば、その方がここを出よ」

冷然として言った。依頼を受け入れる気配は、微塵もなかった。

「去れ」

と告げられて、源之助は部屋を出た。

正森に命じられたら、松岸屋にはいられない。出るにあたって、部屋の掃除をした。

そこへ、千代がやって来た。

「正紀さまや源之助さまが案じられるのは、もっともと存じます」

千代は正森の身を案じている。高岡にいないことがご公儀に知られたら、高岡藩に処罰が下るだけではない。正森もただでは済まない。

「それがしは、正森様をお守りいたさねばなりませぬ」

何を言われようと、それはしなくてはならない。本音では、面倒な爺さんだと思う

が、その思いは別のものだ。

「このすぐ近くに、佐助という漁師の家があります。そこにご逗留くださいませ」

話をつけてきたと言った。そこならば、夜に何があっても、声を上げれば駆けつけ

ることができる。

「旦那さまは強気ですが、万全とは申せません」

その通りだと思った。

「お体に、何か変わりがありますか」

正森の体調に、支障があるとは感じない。しかし身近に接している千代は、感じる

ことがあるのかもしれなかった。

「いえ、達者です。あの歳とは思えません。ですが十年前とは、明らかに違います」

傍にいるから、分かることなのかもしれない。強靭に見える正森の体のどこかに、

脆さが潜んでいるかもしれない。それを案じているのだ。

千代と作左衛門は、奉公人たちを集めた。

小浮森蔵について、よそ者はもちろん界隈の者でも、尋ねられても答えないように

と命じた。また不審な者が現れたら、知らせるようにと伝えた。

　源之助は、佐助の家に移った。松岸屋とは、通りを隔てた向かい側の家だった。佐助は舟持ちの漁師で、獲れた鰯は松岸屋へ卸していた。

　そして夕刻、女中のおトヨが、源之助のもとへ駆け込んできた。おトヨは、いつもはにこにこして接してくれるが、今は顔が強張っていた。

「今そこで、深編笠のお侍に声をかけられました」

　侍は左手首に、白布を巻いていたという。

「何を問われたのか」

「高岡藩のお侍がいるだろうと、訊かれました。小浮様のことではありませんでした」

「それで何と」

「今はいませんと答えました」

　おトヨは嘘をついてはいない。侍の狙いが分からぬ以上、松岸屋の事情を安易に漏らすのは都合が悪いと見当はつくはずだ。

「気を使わせるな」

「いえ」

恥じらう顔をした。

「それで侍はどうしたか」

「小浮様はご健勝かと訊かれましたので、はいと答えました」

「さらに、問いかけたのであろうな」

「高岡藩と小浮様は親しいのかと」

おトヨはそこで、「さあ」と言い残して離れたそうな。何かあれば、声を上げるつもりだったと言い足した。

「それでいい。上出来だ。さぞ、怖かったであろう」

千代から口止めをされた直後に、得体の知れない侍に声掛けをされたのだ。さぞ気味が悪かっただろう。

「ええ。でもここへ来れば、源之助さまがいると思いました」

「そうか。気丈だな」

源之助は、おトヨをねぎらった。

この日、おトヨの他にも、声掛けをされた者が二人いた。「小浮様のことは、よく分からない」で済ませたそうな。

六

正紀のもとに青山と源之助から同時に文が届いた。正紀は、佐名木と井尻を呼んで読み終えた文の内容を伝えた。

「高岡を調べていた鴻山ですが、いよいよ銚子に着きましたね」

青山は左手首に白布を巻いた侍が、聞き込みをしていたことを記していた。源之助の文には、銚子役所で鴻山の顔を見たことなどが書かれていた。

「小浮森蔵殿が正森様ではないかと、鴻山が怪しんでいるのは間違いないですね。それを暴こうと必死なのでしょう」

「高岡、銚子と、なかなか念入りにやっていますね」

佐名木の言葉に井尻が続けた。

「向こうの調べは、一つ進んだわけだな」

正紀の腹の奥に、苦々しいものが湧いた気がした。そこまで嗅ぎ出したのならば、鴻山という若侍は、敵ながらよくやっている。

「それにしても正森様には、困ったものでございます」

井尻がため息をついた。しばらく高岡で静かにしていてくれたら、それでほとぼり
が冷めると考えるからだろう。

「しかしあの方に、それを求めても無駄でございましょう。」

佐名木に言われて、正紀も頷くしかなかった。

「納場兄弟が銚子に揃ったとなると、大きな力になるのではないでしょうか」

小心者の井尻も、捨て置けない気持ちになっているらしかった。

小浮森蔵が井上正森であることが明らかになり、「畏れながら」とご公儀に訴えら
れたら、高岡藩はただでは済まない。わが身に関わることだから、井尻は案じている。

こういう嗅覚は、房太郎並みだ。

「征之介と鴻山鉄之介、それに次太郎が絡みます。源之助様お一人で大丈夫でござい
ましょうや」

向こうには正森もいるが、張本人だから表には出にくいだろう。井尻の疑問は理解
できた。

「源之助は、飯沼から飯貝根へ向かう途中で浪人者に襲われたと前の文にあった。正
森様の助勢で難を逃れたというが、これも気になるところだ」

万一のことがあったら、取り返しがつかない。

期待の新鋭が放つ青春時代小説、2カ月連続刊行のシリーズ第2弾!

馳月基矢

拙者、妹がおりまして②

書き下ろし 長編時代小説

夜に出会うと命取り!?
世にも危険な女盗人退治!!

■定価682円(税込)
ISBN 978-4-575-67062-2

おなごばかりを狙う女盗人が現れた。何とかつかまえようと躍起になっている岡っ引きの山蔵親分から、捕物の際の囮役になるよう依頼された千紘は、兄の勇実と隣家の龍治の反対を押し切り、囮役を引き受けるのだが──。

シリーズ第1弾! 双葉文庫 6月新刊

『拙者、妹がおりまして①』

■定価660円(税込)
ISBN 978-4-575-67058-5

双葉社　https://www.futabasha.co.jp/

双葉文庫 注目の時代小説

上役に臆せず物申す主人公の活躍が、
爽快な新シリーズ開幕！

書き下ろし　長編時代小説

北の御番所 反骨日録【一】

春の雪

芝村凉也

上役にへつらうなど、まっぴら御免！

深川櫓下の女郎屋で金貸しの男が何者かに刺し殺され、白糸という女郎が捕縛された。経緯を聞いた用部屋手附同心の裄沢広二郎は、現場の状況と白糸の自白に不審を抱く。幼馴染みから屍理屈屋と揶揄される広二郎と北町奉行所の面々の日常と活躍を描く！

■定価748円（税込）
ISBN 978-4-575-67050-9

北の御番所 反骨日録【一】

春の雪

芝村凉也

シリーズ第2弾！
『北の御番所 反骨日録【二】雷鳴』
8月上旬発売予定

双葉社　https://www.futabasha.co.jp/

また源之助が銚子へ行った本来の目的は、高岡河岸の使用を問屋や船主に促すことにあった。そちらの成果も、まだ上がったとはいえない。

「おれも、参るといたそうか」

これは、二人の文を読んだときから考えていた。

「しかし正紀様は、江戸においでにならなければならない身でございましょう」

向こうで怪しまれることがあったら、行った意味がなくなると佐名木は言っていた。これももっともだ。正紀は、先日病になったばかりだ。また病ならば、よほどひ弱な世子と見られるだろう。

「そろそろ、高岡の納屋もできまする。青山をやってはいかがでしょうか」

「そうだな」

佐名木の意見を受け入れた。必要ならば、江戸からも藩士をやればいい。

このことを、正紀は京に話した。心のどこかで、これでいいのかと考える部分があった。

「佐名木は倅源之助のために正紀さまが動くことを、気兼ねしたのではないでしょうか」

「それはあるかもしれぬな」

「ですがそれは、正森さまや源之助を守るということだけではありませぬ。高岡藩を守ることではありませぬか」

強い口調で言っていた。

「高岡河岸の使用を促すのは、こちらが動いて相手に当たります。しかし小浮森蔵さまが正森さまではないかと疑う者は、こちらの裏をかくように探ります。これを遠ざけるのは、難儀なことです」

「そうだな」

攻めではなく、守りの対応となる。

「情に流されてはなりませぬ」

病弱な世子と噂され、またしばらく孝姫とも会えなくなるが、仕方がないと考えた。

青山にも銚子へ行かせ、正紀も植村を伴って、助勢に向かうことにした。

源之助は考えた。泰造を襲ったのには舟を用いた。

「その舟は、どこで調達したのか」

これを突き止めることで、末吉が目にした侍と町人に近づくことができる。

そこで波崎屋が舟を持っていないかどうか、源之助は検めることにした。飯沼近く

の商家を訊いて回った。

「あの店には、舟はないと思いますよ」

近くの干鰯〆粕魚油問屋の手代が言った。他二軒の店でも同じような返答を得ていた。

「荷は仕入れ先から湊の船着場まで、拵えた者に運ばせればいいだけです。ですから必ずしも、問屋が舟を持っているとは限りません」

舟を持っている問屋もあったが、次太郎に貸した者はいなかった。

「では、銚子役所はどうか」

ここもはっきりさせておかなくてはならない。ただ銚子役所で、たびたび園部と会うのは目につく。煮売り酒屋の婆さんに頼んで、園部を呼んでもらった。

園部も役目がある。四半刻ほど煮売り酒屋で待たされた。園部が現れたところで、源之助はすぐに舟について尋ねた。

「それがしも怪しいと考えて検めたが、あの日あの刻限に役所の舟を持ち出した者はおりませんでした」

「そうですか」

すぐに足がつくようなことを、征之介や次太郎がするわけがなかった。

「では、どこから調達したと思いますか」

園部に意見を聞いた。

「銚子には、舟を持つ商人は少なくはござらぬ。料理屋は客の送迎に使うし、近くの河岸場に荷を運ぶだけならば、自前の舟がある方が安上がりゆえにな。漁師から借りるということもあるのではなかろうか」

「また貸し舟をもっぱらにする船間屋もあるそうな。

「海と川の町というわけですな」

「いかにも。銚子の漁師の町として飯貝根や外川が知られているが、それだけではござらぬ。海沿い川沿いに、漁師の家はある」

「それら一軒一軒を当たるのは、厳しいですな」

力の抜けるような話だ。

征之介と次太郎の泰造殺害が明らかになれば、二人は捕らえられる。納場も己は知らなかったと言い張ったところで、不祥事が重なればすぐにも更迭されるだろう。征

之介は実子だ。

しかしそこへ至る道は険しかった。

「ならば征之介か次太郎が、舟を使うとしたら、どういう手を使うでしょうか」

少しでも当たる相手を少なくできないかと思って訊いた。

「波崎屋には、干鰯や〆粕を仕入れる家がありまする。松岸屋のように、自分のところで拵えているわけではないので」

三月に太郎兵衛が起こした一件で、かなりの仕入れ先が離れた。しかしすべてを失ったわけではなかった。そこから借りられるかもしれないという話だ。

「まだ付き合いがある漁師が分かりますか」

園部はしばらく考えてから口を開いた。

「すべては分からぬが」

外川にある〆粕と干鰯を拵える家、一軒ずつを教えてくれた。波崎屋は、おおむね外川の集落から仕入れをしていたとか。

源之助はさらにもう一つ、気にかかっていたことを尋ねた。

「鴻山鉄之介が江戸から来た。どのような用でござろうか」

「あれは思いがけないことであった。お奉行と征之介殿の三人で、何やらひそひそっておりました」

「次太郎と、新たな悪事を企もうというのでしょうか」

「ないとはいえまい。松岸屋の場所を、手付の者に尋ねており申した。小浮森蔵殿に

ついても訊いたようで」

「〆粕や魚油をどうこうという話ではなさそうですね」

小浮の何を知りたいのか。何をしようというのか。わざわざ江戸から来たのならば、はっきりとした目的があると思った。

ともあれ源之助は、外川へ足を向けた。

まず集落の外れにある一軒へ行った。干鰯を作る家だ。茹でていない鰯が庭一面に干してあり、日が当たっていた。

声をかけ、出てきた中年の女房に問いかけた。

「うちには舟はありますが、その日には誰にも貸していません」

と返された。ついでに、拵えた干鰯を高岡河岸に置けないかと頼んだ。

「運ぶのは、波崎屋さんですからね。うちに言っても駄目ですよ」

けんもほろろだった。

次は〆粕の家だ。相手をしたのは、初老の主人だった。こぢんまりとして、家族だけでやっている様子だ。

「その日には、貸してほしいと頼まれました」

「誰ですか。相手は」

昂る胸を押さえながら尋ねた。

「波崎屋の次太郎さんです。江戸からのお客さんのために、釣り舟を出したいのだと
か」

「それで」

「貸したかったのですけどね、その日は他の舟と八つ手網で鰯を獲らなくちゃならな
くて。こっちは、おまんまがかかっているからね」

貸さなかった。次太郎がその後どうしたかは分からない。

「どこかで借りたはずだが、見当がつくか」

「さあ。その辺の家だって、使っていなけりゃあ貸すんじゃねえですか。借り手が誰
だか分かっていて銭になるならば、かえって喜びます」

源之助は行き当たりばったりに、十軒ほど漁師の家を当たった。

借りた先を確かめることはできなかった。

第四章　顔見知り

一

　源之助は、朝と晩の食事は松岸屋で食べる。寝泊まりは、通りを隔てた向かいの漁師佐助の家で世話になった。

「食事は台所でするのですから、かまわないでしょう」

　正森には去れと告げられたが、千代は言った。千代は正森の気質をわきまえている。きついことを口にしたが、正森も源之助の役割は分かっているはずだ。千代は、寝泊まりさえさせなければいいと判断したようだった。

　翌朝目を覚ました源之助は、松岸屋の台所へ行った。給仕は、女中のおトヨがしてくれる。

　おトヨは親を亡くした漁師の娘で、十二歳のときに千代に引き取られた。働き者で、正森にも気に入られているとか。

「このひじきの煮物は美味いな。そなたが拵えたのか」

「はい」

「このあたりでは、ひじきも獲れるのだな」

「今食べているのは、去年の今頃、浜で刈ったものです。私もおかみさんたちと鎌を使って獲ります。初めは黒ではありません。緑がかった茶色です」

「ほう」

　そんなことは何も知らない。膳にあるものを食べるだけだった。刈り取ったひじきは半日ほど乾燥させ、いったん納屋にしまう。梅雨明けになってから、乾燥ひじきの製造にかかるのだそうな。

　ひじきが黒くなるのは、改めて煮たり干したりと、様々な作業の後だと知った。

「ずいぶん、手間がかかるのだな」

「ですから美味しくなるように、手間をかけて煮ます」

「話を聞いたら、なおさら美味くなったぞ」

　源之助が言うと、おトヨは嬉しそうににこりとした。

「そなたは働き者だな」

「いやあ」

恥ずかし気な笑顔だ。器量よしとはいえないが、初々しい。話をするのが楽しかった。そのときには、他のことを忘れている。

「はいどうぞ」

台所から出ようとすると、昼用の竹皮に包んだ握り飯を持たせてくれた。まだ少し温かい。手拭いを使って腰に巻いた。

源之助は、今日も次太郎がどこから舟を借りたか、それを捜すつもりだった。鴻山が江戸からやって来た。高岡河岸の顧客を探すのも大事だが、向こうの企みを挫くこととも同じくらい大事だ。

銚子に来た鴻山が、どう動くかはまだ分からない。松岸屋を探りに来ているが、皆口は堅かった。

舟を貸した者が現れるかどうか、当てはないが、他に手立てはない。聞き込みをする中で、高岡河岸の価値を広めることもできると踏んでいた。これが本来の目的だった。

この日は、昨日に続いて外川へ行って、干鰯やメ粕を作る家を中心に一軒ずつ廻っ

た。この界隈では、次太郎を知っている者は多かった。しかし舟は貸していなかった。

高岡河岸の使用については、考えようと言ってくれたところが二軒あった。印旛沼に運ぶ分だけならばという家も、他に一軒あった。

銚子を出た荷船を、行き先別に分けるのは、船問屋に任されることがあると前に聞いたことがあった。そこで遠道になるが銚子湊近くの、船問屋にも足を向けた。

「うちは荷運びについて、積み替えの河岸場を替えるつもりはありませんよ」

門前払いなど、気にもかけない。話を聞いてもらえたら、それだけでもしめたものだ。

「なるほど。高岡河岸ならば、魚油や〆粕だけでなく、他の品でもよさそうですね」

話を聞いて、そう口にする者がいた。

「もちろんです」

他の品と知らされて、源之助は仰天した。干鰯や〆粕、魚油のことしか頭になかった。

これまである納屋も、さらに活用することができる。

「醬油も、置いていただきましょう」

向こうから言われて、元からある納屋で品の積み替えに使ってもらえることになっ

た。思いがけない成り行きだ。胸が躍った。

「商いは面白いぞ」

初めはどうなるかと思ったが、当たってゆくと、道が開けてくることが分かった。

相手は、初めて会っただけの商人だ。それでもこちらに与えるものがあるならば、向こうは関心を持つ。それが分かった。

何軒かで商談をした。都合のいいことが、続くわけではない。うまくいきそうなところで断られた。それでもめげることはなかった。

次の相手に、高岡河岸の利点を伝えるまでだった。

それから源之助は、飯沼へ足を向けた。煮売り酒屋の婆さんに頼んで、銚子役所の園部を呼び出した。

教えられた外川で、次太郎が舟を借りようとしたことは分かった。そこまでを伝えた。

他に思いつくことがあったら、教えてもらうつもりだった。

「いや、それはないが」

園部は違う話をした。

「先日江戸から来た、鴻山についてだが」

「動きがありましたか」

「昨夕のことだ。兄弟で話をしていたが、揃って出かけて行った」

「どこへ行ったのでしょう」

「後をつけようとしたのだが、興野に呼び止められた。そしてどうでもいいような話をしてきた」

苛立たしそうな顔だ。

「つけられないようにしたわけですね」

興野は念願が叶って、近く国許へ戻ることが決まった。面倒なことがあって、戻れなくなるのを嫌がっているとか。

「何であれ納場は、まだ奉行でござる。銚子に残すと告げられたら、残らなくてはならない」

邪魔するだけならば、躊躇わずしただろう。興野には、高崎に病の妻女がいるのだとか。

興野に限らず誰にでも事情はあるが、邪魔をされるのは腹立たしい。

「となると兄弟の外出は、重要なことだったようですね。おそらく、次太郎に会ったのでしょう」

「そんなところに違いない」

「園部殿は、納場からは敵とみなされているわけですね」

「あからさまには言わぬが、そうであろう。しかし拙者は、ここに残されようが国許に戻されようが、どちらでもかまわぬ」

そういう身の上だから、源之助に力を貸せるのだろう。納場や波崎屋の日頃のやり口にも、不満を持っていたのかもしれない。

園部と別れてから、源之助は銚子役所の門前に立った。重厚な建物だが、ここで領民を束ねる奉行が、漁師の命を奪いその家族を泣かせた。

「今に見ていろ」

という言葉が口を衝って出た。

「その方」

突然、声をかけられた。居丈高な口調だ。五十絡みの侍なので、興野かもしれない

と源之助は推量した。園部と会っていたのを見て、声をかけたようだ。

「近頃、溝鼠のようにちょろちょろしているようだな」

「はて、そのような言われ方をする覚えはないが」

腹立たしいが、喧嘩腰にはならぬように注意した。

「ふん。拙者が調べた泰造殺しについて、調べ直しをしているというではないか。こちらがしたことに、不満でもあるのか」

これで侍が興野だと、源之助は確信した。

次太郎が借りた舟について、源之助は調べをしている。それをどこかで耳にしたのかもしれない。あるいは犯行の刻限の征之介の動きを探ったことに気付いたのか。

「不満でござるか。そもそも、そこもとがなされた調べに自信がおありならば、何をされても怖れるには及ばぬのでは」

「当たり前だ」

一瞬、怯みを見せたが、すぐに胸を張った。

「ならば堂々としていればよろしいのでは」

源之助の言葉に興野の顔がみるみる赤くなった。腹を立てたようだ。

しかしここで相手にしても、仕方がない。

「では、これにて」

源之助は踵を返して歩き始めた。すると背中に声がかかった。

「余計なことをいたすと、ただでは済まぬぞ」

完全な脅しだった。

しかし興野の様子からして、納場らも焦っているのは確かだ。こちらの動きを、無視できないでいる。

飯貝根へ向かった。そろそろ夕暮れどきになった。松林の道を歩いて行く。

すると向こうから、深編笠の侍がやって来るのに気が付いた。無駄のない身ごなしだ。それだけで、なかなかの剣の遣い手だと感じた。

すれ違いざま笠を持ち上げたので、目が合った。鴻山だった。

瞬間殺気を感じたが、何かを言うわけでもなく通り過ぎて行った。不敵な足取りだった。

小浮森蔵について、探りに行ったのに違いなかった。

「何かを摑んだのだろうか」

それは気になった。

二

銚子湊の河岸場に着いた正紀は、下り酒の樽を積んだ荷船から降りた。やって来るのは、ほぼ二月ぶりだ。

供の植村も船着場に降りて、あたりを見回した。大小の荷船が停まっている。荷下ろしや荷の積み込みが行われていた。船頭や水手、荷主らしい商人の姿も見えた。手の届きそうなところを、白い海鳥が飛んで行った。

船着場には、醬油樽や〆粕の俵が積まれている。これから銚子を発とうようだ。〆粕の俵は米俵に比べて目が粗いので、一目で分かる。すでに大型船が停まって、荷運びが始まるところらしかった。

「あれを見ただけでも、鰯が戻ったのが窺えますな」

植村が言った。

共に深編笠を被って、飯貝根の松岸屋へ向かう。集落の道に入ると、どこからか干鰯や〆粕のにおいがしてくる。そこが前のときとは違う。鰯が再び獲れ始めて、各所で加工が始まっている証拠だった。

「おや」

松岸屋の建物が見えてきたところで、正紀は足を止めた。若い侍が、敷地の中の様子を窺っていたからだ。

「あれは鴻山ではありませんか」

植村が声を落として言った。誰か人が出てくるのを待っている様子だった。正紀と

植村は、離れた場所からその模様を窺うことにした。

しばらくして、〆粕作りの初老の職人が出てきた。少しばかり歩いたところで、鴻山は近づいて声をかけた。

おひねりを握らせたのが分かった。

通りから脇道に入って、立ち話になった。鴻山の方が、しきりに問いかけている様子だ。

正紀らは、忍び足で近づいた。

やり取りの様子を見ていると、職人は返事に窮している。侍の方は、かまわず問いかけを続け、恫喝している気配だった。職人は受け取ってしまったおひねりを返そうとするが、受け取らない。

ここで植村が近づいた。正紀は深編笠を被っているが、近づかない。鴻山ならば、正紀の顔を知っていると考えるべきだった。植村はともかく、正紀が江戸を出ていると知られるわけにはいかない。

業を煮やした職人が離れようとすると、その行く手を自らの体で塞いだ。

植村が二人の傍に立つと、鴻山はようやく気付いた様子だった。憎しみのこもった目を向けた。険悪な空気になった。何か起こるかと思ったときに、鴻山が目をそらし

た。そのまま鴻山は離れて行ってしまった。

職人は、ほっとした表情になった。

「何を訊かれたのか」

近寄った正紀が訊いた。職人は正紀と植村を知っていたようで頭を下げた。

「小浮様のことで」

すぐに離れたかったが、おひねりを受け取ってしまったので、なかなかできなかったと付け足した。

やり取りの詳細を言わせた。

「井上正森様を知っているかと訊かれました。そのような名は聞いたことがないので、知らないと答えると、小浮森蔵様ではないかと言われました」

小浮については、どんな話でもしたくなかった。千代から口止めをされていたからだ。うっかり何を言ってしまうか分からない。

「どうしてもあっしに、小浮様が井上正森様だと言わせようとしているみたいでした。逃げ道を塞がれたときは、怖かった」

なるべく独り歩きを避けていたが、いつもそういうわけにはいかないとか。

「同じことを問われた者は、他にもいそうだな」

「へい。いると聞いていやす。でも逃げ道を塞がれたことはないそうです」

向こうは都合のいい証言が得られず、焦っているようにも感じたという。

「問われても答えることはない。おひねりを受け取ったことなど気にするな」

と伝えた。

松岸屋へ入った正紀は、千代と作左衛門と会った。青山はすでに着いていた。

源之助が正森に高岡へ戻ってくれと頼んで、「去れ」と命じられた件など、これまでのおおまかな出来事を千代から聞いた。

「正森様は、一度言い出すと聞きませんね」

「はい。何も考えていないわけではないと思いますが」

「何をしてお過ごしですか」

「飯沼などへ出かけることはありません。ただ一人で、敷地内の船着場から釣りに出かけます」

釣れる釣れないに関わりなく、どこかへ寄ることなく帰ってくるそうな。

正紀は、正森と会っても何もできない。高岡へ戻れと言っても聞かないだろう。しかし松岸屋へ草鞋を脱いだ以上、挨拶をしないわけにはいかなかった。

「何しに来た」

苦々しい顔を向けた。

「高岡河岸の、納屋活用の件で」

二つの用件のうち、一つだけを伝えた。正森とは、長話にはならない。面談はすぐに終わった。

源之助の帰りを待って、話を聞くことにした。それまで、鴻山らしい侍に声をかけられた者から話を聞いた。

おおむね〆粕職人に問いかけた内容と同じだった。

「小浮様を正森様とみなして、証言を得ようとしていますね」

「うむ。もう少しだと思っているのであろう」

植村の言葉に、正紀は頷いた。

夜になって、源之助は松岸屋へ顔を出した。正紀と植村の顔を見て、驚いた様子だった。

「鴻山は、小浮森蔵様が正森様だと見込みをつけて、確かめるために銚子へやって来た。捨て置けぬので、おれがやって来た」

高岡藩の危機として、この件を捉えていると伝えた。

「飯沼から戻る途中で、鴻山とすれ違いました」

そう告げてから、源之助は次太郎が舟を探したことや、商いに関する詳細について話した。

「高岡河岸を使う者が、徐々に増えているのは何よりだ。一気にはまいるまい」

正紀は源之助の労をねぎらった。

その頃園部は、用部屋から出て銚子役所の玄関近くまで歩いてきた。すると式台あたりが人払いされて、客が訪れた様子だった。賓客らしく、納場と征之介が出迎えに出ていた。

「何者か」

聞いていなかった園部は、客人の侍に目を向けた。六十半ばの老武士だ。その顔に見覚えがあった。しばし目をやって思い出した。

元江戸留守居役の小野田孫兵衛という高崎藩士だった。今は隠居の身で、納場とは遠縁に当たる者だ。

話をしたことはないが、顔と名は知っていた。

隠居の身とはいえ、小野田は上士だから、それなりの役目で銚子へやって来たと思われた。園部は納場には歯向かう者とされているので、役所内の出来事について伝え

られないことも少なからずあった。

「何しに来たのか」

朋輩に尋ねた。

「どうやら、お役御免の内示を伝えに来たらしい」

「そうか。これが来たら、納場は来月の初めには正式な使者が来て、銚子を出ること

になるな」

「まあ、そうであろう」

しかし内示を伝えるだけならば、誰であってもいい気がした。小野田孫兵衛である

ことに、意味があるのか。

嫌な予感がした。

「ご無事の到着、何よりでござる。ささ奥へ」

納場は上機嫌の様子で、賓客用の部屋へ自ら案内をした。

　　　　　三

その翌日、松岸屋へ銚子役所から使者があった。

「いよいよ、仕掛けてきたぞ」

正紀と千代は顔を見合わせた。使者を客間に通した。相手をしたのは、千代と作左衛門である。

納場の使いは、明日銚子役所へ小浮と網元甲子右衛門に出頭せよという納場の言葉を伝えた。

「どのような御用で」

「来れば分かる」

傲慢な口ぶりだった。

「何かを企んでいるのは確かだ。小浮森蔵を呼び出すとは、正森様を呼び出すということだ。企みがあるに違いない」

隣室でやり取りを聞いた正紀は、呟いた。

「正式な使者だから、断るには理由がいります」

源之助が口にした。

千代と作左衛門はいったん別室へ下がり、正紀を交えて病を理由に辞退をするべきだと話した。これを正森に伝えた。

「それでは逃げたことになるぞ」

話を聞いた正森は、出向くことを承諾するようにと答えた。一度言い出せば、よほ
どのことがなければ変えない。

やむなく千代は、小浮が甲子右衛門と役所へ出向くことを使者に伝えた。

「どのような企みがあるのか」

正紀と源之助、植村と青山、それに千代と作左衛門の六人で話をした。

「まさか斬りかかってくるわけではないでしょう」

「冥加金についてでしょうか」

植村に続けて作左衛門が言った。前にそれで、甲子右衛門が役所へ呼ばれた。

「いや、他の何かだろう」

じきに役替えになる奉行が、手間のかかる冥加金の値上げに取り掛かるとは思えな
い。しかしでは他に何を企んでいるのかとなると、見当もつかなかった。

そこで源之助を銚子役所へ行かせることにした。園部と会って、役所内に何か変事
がなかったか訊かせるのである。

源之助は、植村と共に飯沼へ行った。いつものように、煮売り酒屋の婆さんに、園
部を呼んでもらうように頼んだ。昨日、興野との険悪なやり取りがあったばかりだ。

また会えば面倒なことになりそうで、できるだけ目立たぬように会いたいと思っていた。

しばらくして婆さんは一人で戻ってきた。

「園部さまは、お出かけになっているようですよ」

取り次いでくれる役所の小者はそう答えたそうな。どこへ行ったか尋ねたが、知らないと返されたとか。

「それがしと会うと知って、興野あたりが邪魔をしたのであろうか」

役所の中へ入ろうとしたが、門番所に興野がいた。それでも足を踏み込めば、因縁をつけてくるに違いない。役所内で事を起こせば、不利になるのは源之助たちだ。

「役所内で、やはり何かありましたね」

植村が言った。

「いかにも。会わせれば企みが見透かされるので、取り次がずにいないとしたのかもしれません」

源之助は、門前の商家を廻って手代や小僧に問いかけた。

「今日、役所の園部様が出かけるのを、見かけたか」

「いや、見なかったですね」

見たという者はいなかった。しかし見張っているわけではないから、はっきりした
ところは分からない。

そこへ役所から、中間が出てきた。源之助は離れたところにいて、植村が問いかけ
た。すると予想外の言葉が返ってきた。

「今朝がた、園部様は出かけました」

外出は事実らしかった。出かけた先は分からない。ただたっつけ袴に草鞋履きだ
ったとか。まだ帰ってきてもいないと告げられた。

「遠くへ行ったわけですね」

「おそらく」

「では役所内に、何か変わったことがありませんでしたか」

「さあ」

中間は首を傾げた。領民や町の者は、何かあるから役所へやって来る。出入りする
者は少なくない。しかし中間にしたら日々のことで、よほどのことがなければ、変わ
ったこととは考えないかもしれなかった。

「もうしばらく様子を見ましょう」

「ええ、これで引き下がるわけにはいきません」

向こうの狙いが分からないままで、明日正森を役所へ送り出すわけにはいかない。

様子を窺う。その間に園部が戻ってくれば話を聞けるだろう。

けれども園部は、まだ姿を現さない。じりじりしているうちに、夕暮れ近くになってしまった。

「何もないのか」

と植村が眩いたところで、二丁の空の辻駕籠が現れて、役所の門内に入った。

「誰が乗るのか」

見張っていた二人は門近くまで寄り、敷地内に目をやった。玄関式台の前に、二丁の駕籠が停まっている。

そこへ現れたのは、納場と老年の侍だった。それぞれ駕籠に乗り込んだ。これに征之介と鴻山が、警護という形でついた。

年寄りの侍の顔は、これまで見たことがなかった。藩内では身分がありそうな者に見えた。

駕籠二丁と兄弟が、役所の門を出てきた。

源之助と植村は、これをつけた。

「あれは、納場にとっては大事な客なのでしょうな」

「ならば、どこかの料理屋へでも行くのか」

接待でもするのだろうか。

「そこには、波崎屋次太郎もいるのでしょうな」

思いついたことを、源之助は口にした。

「客が何者か分かるだけでも、大きいですな」

いつの間にか、夕闇が濃くなった。駕籠は歩みを緩めることもなく、飯沼の町の外れまでやって来た。

だがここで、付き添っていた征之介と鴻山が言葉を交わした。そして左右に分かれた。

駕籠は、そのまま進んでいった。

「つけていることに、気付かれたな」

源之助は悟った。吹き抜けた風が、妙に生暖かく感じた。

「どうするか」

一瞬考えた。

「ここは引き上げよう」

植村に言った。

兄弟は、剣の遣い手だと聞いている。自分と植村では敵わない。逃げることは恥ではないと、正紀からも父からも教えられていた。

命さえあれば、後でどうにでもなる。

「引くぞ」

植村に告げて、二人で来た道を駆けて戻った。追いかけてくる気配があったが振り向かない。

町明かりのある場所まで駆け込むと、追ってくる気配がなくなった。

「向こうは、気を使っていますね」

息を切らしながら植村が言った。巨漢だから、走るのは辛かっただろう。

けれども源之助は、これで引き下がるつもりはなかった。このままにすれば、相手の企みを知らぬまま、正森は銚子役所へ出向くことになる。

通りかかった漁師ふうに問いかけた。

「このまま行った先に、料理屋はありませぬか」

「そんな高そうな店など、知るわけがねえだろ」

次に現れたお店者に問いかけた。すると暗い道の先を指さした。

「それならば、笹本という店がありますが」

値は張るが、腕のいい板前がいる店だとか。

すぐに来た道を戻った。とはいえ、近くまでは行かなかった。征之介と鴻山の兄弟

が、闇に潜んで見張っているのは間違いなかった。

「宴が終わるのを待ちましょう」

「そうですね」

植村の腹の虫が鳴いたが、兄弟と刃を交えたくはない。帰りも同じ道を通るはずだ

から、動けば分かると思った。

闇夜、空腹をこらえ一刻ばかりを過ごした。

「おお、明かりが近づいてくるぞ」

闇の向こうに、淡い明かりが見えた。息をひそめて見つめた。

「えいほ、えいほ」

二丁の駕籠と、付き添う征之介と鴻山が、前の道を通り過ぎて行った。

「よし。笹本という料理屋へ行こう」

闇を駆けてゆくと、明かりの灯った建物が見えた。門前へ行った。暗がりとはいえ、

ところどころにある明かりで、瀟洒な建物であるのは察せられた。

門を潜ると、入口に下足番の老人がいた。

「今しがた、四人の侍が帰っていった。客は、一番年嵩の侍であったな」

「へえ」

怪訝な様子を見せながらも、下足番は頷いた。

「その客の名は、分かるであろうか」

「ええ、まあ」

分かるらしいが、言っていいかどうか迷っている。源之助は、奮発して五匁銀を握らせた。こういうときには、けちけちするなと正紀には言われていた。

また料理屋のおかみや番頭では、金子を与えても話さない。喋らせるのならば、この爺さんだけだと思った。

「小野田様といいました」

名を呼んで履物を用意したから間違いないと告げた。下の名は分からないが、仕方がなかった。

それだけでも大きな収穫だ。二人は夜道を引き上げた。

四

　正紀は、青山や千代、作左衛門と共に、出かけたまま戻らない源之助と植村を待った。

「何かあったのでしょうか」

　前に源之助は、不逞浪人に囲まれて、あわやという事態に陥った。正森が通りかかって事なきを得たが、何があるか分からない。

　千代はそれを案じていた。

「源之助は、無謀な真似はいたすまい」

　まずは己の命を守れと、正紀は源之助だけでなく植村にも告げていた。とはいえ、気にならないわけではなかった。

　五つ半（午後九時）近く、ほとんどの家の明かりが消えた頃になって、源之助と植村が戻ってきた。

「ご無事で何より」

　入口で出迎えたおトヨが言っていた。詳しいことは知らされていないが、おトヨな

りに身を案じていたらしかった。

早速二人を、奥の部屋へ呼んだ。

「納場は、小野田という老藩士を笹本という料理屋へ案内しました。前は顔を見ませんでしたから、この数日のうちに、銚子役所へ来た者と思われます」

後をつけ、苗字を知るに至った顚末を、源之助から聞いた。

「笹本というのは、銚子では指折りの料理屋です。納場にとっては、よほど大事な客かと思われます」

作左衛門は言った。

「その苗字に、覚えがありますか」

「いえ」

千代も作左衛門も、首を横に振った。銚子では知られていないにしても、高崎藩内では、名のある者に違いなかった。

ここで植村の腹の虫が鳴いた。

「おお、腹が空いたであろう」

飲まず食わずで見張っていたことになる。おトヨに、用意をしていた夕食を運ばせた。

二人はよほど腹を空かせていたらしく、がつがつ食べた。

「明日納場は、小浮様を呼び出していますが、それと繋がるのでしょうか」

「おそらく関わると思われますが、どこがどう繋がるのかは見当もつきません」

食べながら、植村と源之助が言った。急な呼び出しをしてきた。兄弟が警護につき、近づく二人を怪しんで追いかけてきたのである。向こうにとって、切り札になるような重要な人物なのは間違いない。

「何か企みがあるのは確かだ。明日は取りやめにしていただくようにお願いいたそう」

頑固ではあるが、正森は無謀なわけではない。深夜ではあるが、正紀は面談を願った。

正森はすでに、床に就いていたようだ。不機嫌そうな顔で寝所から出てきた。源之助と植村が、銚子役所へ様子を見に行ったことは千代が話している。そのことは頭にあるはずだった。

「お休みのところを、まことに申しわけなく」

頭を深く下げてから、正紀は源之助と植村から聞いた話を伝えた。苦々しい顔は変わらないが、伝えるべきことは伝えなくてはならなかった。そして話し終えたところ

で、尋ねた。

「高崎藩士で、小野田という御仁をご存じでしょうか。それなりの身分の方と推察できますする」

小野田の正体を確認しておかなくてはならない。

「うむ」

不機嫌ではあっても、これについてはまともに考えたらしかった。目を閉じ首を傾げた。小野田という苗字に、覚えがあるらしかった。そして「ああ」と声を漏らした。

思い出したようだ。

「今は隠居をしているはずだが、高崎藩で、元は江戸留守居役をしていた小野田孫兵衛という者だ。藩主だった折は、たびたび会っておった」

「では、大殿様のお顔をご存じですね」

「うむ。そうなるな」

不機嫌な気配は消えて、真顔で頷いた。それで納場の企みが分かった。腹の奥が、一気に熱くなった。

向こうは、小浮森蔵が井上正森であることを、小野田に顔を見せることで明らかにするつもりだ。

「しかし藩主であられたときに会ったといっても、三十年も前になります。面貌は変わっているかと存じますが」

はっきりは、分からないのではないかという気もした。

「いや。小野田とは、十年ほど前に江戸で会っている。日本橋近くで会って、立ち話をした。あれは、先々代の法事のときであったかと思う」

ご公儀には、許しを得て江戸へ出てきていた。

「ならば、はっきり顔は分かりますね」

「いかにも」

万事に強気の正森だが、小野田の名を耳にして、明らかに表情から気迫が失われた。

「では、明日は急の病といたしましょう」

「いたし方あるまい」

正森は悔しそうな顔をした。

銚子役所へ正森を知る小野田が現れたのは、納場にしてみれば好都合だった。

「納場は、わしを知る者を、わざわざ呼び出したのであろうか」

正森が漏らしたが、正紀も知りたいところだった。

「小野田殿は納場に与して、悪事をなす方でしょうか」

「わしが知る限りでは、そういう者ではなかった」

十年経っていたら、人は変わるかもしれない。

「ともあれ明日は、甲子右衛門さんだけで行っていただきましょう」

「いえ、私が参ります」

作左衛門の言葉に、千代が返した。どのような用件かは分からないが、松岸屋に関

することならば行かなくてはなるまいという顔だった。

「何をされるか、分かりませぬ」

「まさか役所内で、斬られはしないでしょう」

きりりとした表情だった。

「強い女子だ」

正紀は胸の内で呟いた。これならば、正森とも気性は合うだろう。

翌日、千代と甲子右衛門は告げられた刻限に、銚子役所へ出向いた。これには源之

助が供についた。

控えの間に通されると、しばし待たされた。小浮がいないことは、玄関に立ったと

ころで伝えていた。

荒々しい足音が響いて、障子戸が開かれた。

「小浮森蔵はいかがいたした」

征之介が苛立たしそうに言った。挨拶をする間もない。不機嫌を剝き出しにしていた。

「まことに相済みませぬことでございます」

千代はまず、深々と頭を下げた。恐縮していることを伝えたのである。もちろん芝居だが、源之助には、実際におろおろし困っているように見えた。

「昨夜より、咳が止まらず高熱を発しております」

今度は案じ顔だ。

「何だと。たばかりを申すな」

「たばかりではございませぬ。あの方は、すでに齢八十を超えておりまする」

下手に出てはいるが、千代は怯まず言うべきことは口にしていた。

「畏れながら、私がお話を伺わせていただきます」

「ならぬ。戸板に乗せてでも連れてまいれ」

征之介は激昂している。握り拳が、怒りで震えていた。

「何という、ご無体な」

千代も引かない。そのまま言葉を続けた。

「もしそれで命に差し障りがありましたら、お国許では黙っておりますまい。国許へ訴えるぞ、と脅していた。

「おのれっ」

征之介は息を呑んだ。千代の言葉に、押してくる気持ちが揺らいだらしかった。剣の遣い手らしいが、千代の気迫に負けたらしかった。

「ならば明日にでも、連れてまいれ」

「治り次第、連れてまいります」

期日を切らなかった。老人の病は、いつ快復するか分からない。藩から寄こされた者ならば、小野田はいつまでも銚子にいられるはずがない。千代とは、そういう話もしていた。

ともあれ小浮森蔵を、小野田孫兵衛に会わせなくて済んだ。急場を凌いだとほっとした。

もともと話などなかったのだろう。納場に会うこともないまま、千代と甲子右衛門は役所から帰らされた。

源之助は、玄関先で役所の小者に尋ねた。

「園部殿は、おいででござろうか」

昨日は、朝からいなかった。

「昨夜遅く戻られました」

というので呼んでもらった。門前の煮売り酒屋で会った。

「いきなり出かけろと命じられた。今日、松岸屋を呼んだから、何かあるとは思って
おった」

園部が言った。

「元江戸留守居役の小野田孫兵衛殿が来ていると聞きましたが」

「いかにも。奉行に近くお役差し止めの沙汰があることを伝えに来たのだ。あと四、
五日は滞在するようだ」

納場は引き止めているようだが、藩の役目として来ているので、勝手に長居はでき
ないだろうと付け足した。

「納場と小野田殿は、昵懇の間柄で」

「遠縁だが、それほど親しくしていたかどうかは分からぬ。ただ此度は、たいしたも
てなしだ。何か企みがあるのではないかと思うくらいだ」

納場に企みがあるのは確かだ。ただそれを、園部には伝えないだろう。

「小浮殿が来ることは、存じているのでしょうか」

「八十一という歳に驚いたらしかった。挨拶をしたいと話したと聞き申した。長寿にあやかりたいということか」

納場は都合のいいことを言って、小浮が正森であることを証言させようとしたのである。こちらの予想通りだった。

「使者に小野田殿が選ばれたのは、意図があったのでござろうか」

「藩庁が決めたことゆえ、納場がどうこうしたのではなかろう。もはやあの御仁には、それだけの力はない。ただ小野田殿であったことを、喜んではいた」

これだけ聞いて、源之助は引き上げた。

五

正紀も植村を伴って、万一のことを考えて銚子役所の近くへ来ていた。青山は、松岸屋へ残した。正森がいる以上、警固は必要だ。

源之助は煮売り酒屋へ行ったので、千代と甲子右衛門を守る形で飯貝根へ向かった。

歩きながら、征之介としたやり取りについて聞いた。

「まずはよかった。しかしこのままでは済むまい」

正紀はまだ決着はついていないと気を引き締めた。

納場は小野田を使って、小浮が正森だと確かめようとした。それができなかったのである。

「次は、何をしてくるでしょうか」

「仮病だと見越しているはずです」

植村の言葉に、千代が返した。

「小野田なる高崎藩士がいつまでいるか分からぬが、銚子を去るまでは病は癒えぬ」

だがそれでも、納場は何としても小浮森蔵を引きずり出そうとするだろう。納場の次の手を読んで、対策を立てなくてはならなかった。

甲子右衛門は、小浮が高岡藩の要人だとは気付いているだろう。しかしそれを口に出すことはなかった。力だけ貸すつもりらしい。小浮森蔵とは、先代の網元のときからの付き合いだ。深い付き合いだから、千代は甲子右衛門を信頼している。

甲子右衛門以外は、松岸屋へ戻った。

「ご無事でよかった」

迎えに出たおトヨは、千代の顔を見て安堵した様子だった。育ての親か祖母だと考

えているのかもしれない。

おトヨは肩に載せられた千代の手に、自分の手を触れさせた。四半刻ほどして、源之助が戻ってきた。園部から得た小野田に関するもろもろを聞いた。

「そうか。小野田が銚子にいるのは、あと四、五日か」

この知らせは、貴重だった。

「それまで会わずに済めば、やつらは手詰まりですな」

青山が言った。

「となると、やつらは急ぐだろう。手荒なことも、してくるのではないか」

一同は、納場らの次の手について考えたが、思い浮かばなかった。

そして翌日になった。

昼下がり、松岸屋に供を連れた侍の訪問客があった。侍は駕籠でやって来た。ちょうど入口近くにいた源之助が、血相を変えて正紀のところへ知らせてきた。

「小野田孫兵衛でございます」

「何と」

正紀は仰天した。まさか向こうからやって来るとは思わなかった。この手があった
かと、苦いものが喉の奥に湧いた。

千代が相手をしているというので、入口脇の部屋へ行ってやり取りを聞くことにし
た。

「小浮殿には、昨日は風邪をこじらせたと聞いた。いかが相成ったかと気にかかり、
見舞いに参った」

供の者が、見舞いの品を差し出したらしい。

「たくさんの玉子を。そのような高価な品を」

千代は困惑しているようだ。

「遠慮はいらぬ。受け取るがよい。小浮殿に精をつけていただければありがたい」

「ですが面識のない方に、このような」

「確かに、小浮殿に会ったことはない。しかしな、歳を聞いて、拙者の父に近い歳と
知り申した。ぜひお会いいたし、長寿の秘訣など伺いたいと考え申した」

礼儀正しい物言いだ。千代は町人だが、小浮の縁者として口を利いていた。

「もったいないお話でございます」

「一目お目にかからせてはいただけぬか。お顔を拝見し、一言ご挨拶をいたしたら、

引き上げる所存でござる」

「はあ、しかしまだ熱も下がらず。高熱ゆえ、お目にかかるのはご無礼かと」

「そこを一目、お目にかかれぬか。廊下からでかまわぬ。わざわざ高崎から参った者でござる」

会わせずに帰すのはもちろんだが、ただ追い返すのは疑いを持たせるような気がした。言葉通り、善意で来たのならばそれでいいが、納場の企みが絡んでいるならば、手を打っておく方が無難だと感じた。

できるだけ長引かせるように作左衛門に伝えると、正紀は植村と裏口から飛び出した。おトヨに案内をさせ、飯貝根の医者のもとへ駆けたのである。

「な、何事でござるか」

初老の医者は慈姑頭（くわい）で、いかにもそれらしい。慌ててやって来た正紀を見て、急患でもあったと受け取ったようだ。

「お願いがありまする。松岸屋の小浮殿を、人と会えないほどの重症であると、客人にお話し願いたい」

「何ですと。小浮様は、いたってお達者ではないか」

おかしなことを言うな、といった顔で正紀を見返した。

ここでおトヨが頭を下げた。

「小浮様の一大事でございます。なにとぞお力添えを」

おトヨは、客の小野田が小浮と会う意味を分かっていないはずだった。しかし千代や正紀らの動きを見ていて、ここは医者に頼まなくてはならないと察したらしかった。

「仕方がないな」

医者は渋々頷いた。植村が医者を背負って、松岸屋へ戻った。

千代は、小浮の銚子での暮らしぶりについて話をしていた。正紀の言伝もあったが、高価な玉子を持って訪ねてきた客人を、ただ追い返すのは忍びないと感じたからかもしれない。

小野田は初めから、居丈高ではなかった。それも気持ちにあったのかもしれない。

「私は、飯貝根の医者で甚斎と申す」

医者は名乗った。一昨日から、小浮の容態を診ていると告げた。肺腑を傷めていると伝えた。神妙な面持ちだった。

「今は何よりも、安静が肝心でございます。看護の者以外の面会は、慎まねばなりませぬ」

「やはり、さようであったか。ご無礼をいたした。お大事になされよ」

それで小野田は引き上げていった。

正紀と青山は、去ってゆく小野田の駕籠を見送った。源之助と植村は、駕籠をつけた。

「納場に依頼されたのでしょうね。顔を検めてほしいと」

「うむ。ただそのためだけで顔を見たいというのでもないのではないか」

はっきりしたことは分からないが、珍しい八十一歳の顔を見たいという気持ちもあったように感じた。

しばらくして、源之助と植村が戻ってきた。

「飯貝根の外れに、深編笠の侍が数人潜んでおりました。銚子役所の侍に違いありません」

「その中には、征之介や鴻山とおぼしい者もいました」

二人が言った。駕籠を停めて何か話をしたらしいが、そのまま戻った。

「がっかりした様子でした」

植村は、いい気味だといった顔だった。

小浮の顔を見て、正森だと分かったら、乗り込んでくるつもりだったのだろう。

「そうはさせるものか」

正紀は声に出して言った。

六

「これで納場は、手詰まりになりましたね」

源之助が、正紀や青山、植村、千代と作左衛門の顔を見ながら言った。

「小野田が銚子を去ったら、向こうは打つ手がなくなります」

「となると、さらに手荒なこともしてくるのではないか」

植村の言葉に、さらに青山が返した。

「ここを襲ってくるでしょうか」

不安げな様子で作左衛門が漏らした。泰造を斬り殺した残虐なやつら、という気持ちがあるのだろう。

「いや、それはないだろう。向こうの目当ては、小浮様が高岡藩の大殿様であると公に知らしめることだ。殺したり何かを奪ったりすることではないからな」

正紀が答えた。病のために国許で療養すると公儀へ届を出した正森が、何年にもわたって銚子と江戸を往復している。高岡藩はそれを放置している。知らなかったで

は済まされない。

失脚させられる納場や、倅と共に多くの仕入れ先や顧客を失った波崎屋は、恨みを晴らせる。松岸屋も正森を敷地内に住まわせ、商いに関わらせた。何らかの沙汰があってもおかしくはない。

商いはやりにくくなるのは必定だ。

波崎屋はこの機に乗じて、松岸屋の仕入れ先や卸先を奪おうとするだろう。

「襲ったのでは、向こうはただの夜盗になる」

「それでは意味がありませんね」

正紀の言葉に、源之助が応じた。

「すでに盗賊のようなものではないですか」

植村は怒りを吐き出した。

「しかし何もしないということはないでしょう」

「ただ本気で動くのは、征之介と鴻山の兄弟、次太郎だけだと思います」

青山の言葉に、源之助が続けた。

「うむ。銚子役所の藩士は、左遷されると分かっている上役のために、命を捨てようという者はいないだろうからな」

正紀が応じた。

「後は、銭で雇う浪人者や破落戸たちでしょう。それで何ができるかです」

源之助の言葉に、一同は頷いた。

小野田は最大でも後五日、銚子にいる。それまでが勝負だった。

「今日の見舞いは、小野田殿の意図がどこにあれ、納場が仕組んだのは間違いない。やつらは思いがけないことを企んでくる」

何があっても即応できる態勢が必要だと正紀は告げた。

「正森様には、しばらく高岡でおとなしくしていただければありがたいのですが」

植村がぼやいた。

一人になった正紀は、海辺に出た。黄色味を帯び始めた西日が、水面を輝かせている。

少し眩しいが、潮騒に耳を傾けながら見つめた。

江戸の海とは違う広がりがある。京と孝姫に見せたいと思った。

日に何度か、二人のことを思い、問いかける。

「京ならば、この状況で何と言うか」

京と話すことで、考えを深めたり腹を決めたりすることができた。やろうとしたこ

とをやめた日もあった。

仕掛けてくるのは、納場や波崎屋の方だ。こちらは、防ぐだけしかないのか。京からの返答はなく、波の音が耳に響いてくるばかりだ。

江戸を出てまだ数日だが、ずいぶん経つような気がした。

松岸屋の奉公人は、できるだけ一人では出歩かないようにと告げられていた。もちろん夜の外出はしない。〆粕職人が、侍に問い詰められた。他にもそういう者がいて、おトヨも警戒する気持ちは大きかった。

暮らしが思うようにできなくなった。とはいえ、小浮森蔵は松岸屋の大黒柱だと思うから、この危機は乗り越えなくてはならないと考えていた。

「旦那さまが、悪いやつらに狙われている」

そのわけよりも不気味に感じるのは、どのような企みで襲ってくるのか見通せないことだった。おトヨも同じ気持ちだった。

「旦那さまを怖いと言う人はいるけれど、あたしは気にかけてもらっている」

とおトヨは感じている。

初めは確かに怖かった。孤児になって松岸屋へ連れて来られたとき、挨拶をした。

頭を下げて名乗っても、にこりともしないし、言葉もかけられなかった。そして数日は、いない者のように扱われた。

だからできるだけ近寄らないようにしていたが、飯沼へ行く用事の折に、供を命じられた。話しかけられることもないまま、後ろについて歩いた。歩みが速いので、たまに小走りになった。

けれども用を済ませた小浮は、思いがけないところで足を止めた。町の甘味屋の前だった。汁粉を食べさせてくれた。

「冷めぬうちに食べろ」

目の前に置かれても、手を出さなかった。自分が食べていいものだとは考えなかった。ただ甘いにおいがして、生唾が出た。

「はい」

それで箸を取った。甘かった。こんなに甘いものを食べたのは初めてだった。餅などは、正月でもめったに口に入らない。小豆は、生まれてから二、三度しか食べたことがない。

夢中で食べた。そして鼻の先が痛くなった。それは老人が、自分がここにいていいと認め汁粉を食べられたからだけではない。

てくれた証であり、心遣いだと受け取ったからだ。
物心ついたときから、嘘をついてはいけないと教えられてきた。けれども小浮が達
者だと分かっていても、誰かに問われたら、高熱で寝込んでいると告げるつもりだっ
た。

「旦那さまを守ることが、あたしの役目だ」

相手の方が悪い。泰造を殺し、おやすや一太を親なしにしたのはあいつらではない
か。

「一つ、届け物をしておくれ」

千代に用事を頼まれた。甲子右衛門のところへ品物を届ける仕事だ。一人では出か
けないことにしていたので、誰かに声掛けをすることにした。

あたりを見回すが、皆忙しそうだった。

昼間だし、甲子右衛門のところならば近い。すぐに戻るつもりだった。一人で出向
くことにした。いつものことだ。

注意して歩いたが、不審な人影はない。途中知り合いと会って、挨拶をした。

届け物の用は、あっという間に終わってしまった。そこでおトヨは、少しだけ寄り
道をすることにした。

同じ集落の泰造の家だ。

娘のおやすは、前は松岸屋へよく顔を出した。掃除などの手伝い仕事をさせて、千代は駄賃を与えていた。弟一太は、近くで遊んでいた。

しかし泰吉が松岸屋へ鰯を卸さなくなってから、顔を見せなくなった。今となっては、顔を出せないと考えるからだろう。幼くても、気を使う子どもだった。自分と似ている。

気になっていたので、顔だけ見るつもりだった。　姉弟は、懐いてくれていた。二人にあげるつもりの飴玉も用意していた。

「こんにちは」

声をかけると姉弟はいたが、おやすは困った顔をした。泰吉が松岸屋を裏切ったと考えているからだ。そんなことは気にしなくていい、と伝えたかった。

「達者そうで、何よりだね」

声をかけて、飴玉を渡した。一太がはにかんだ顔で受け取った。

「遊びにおいで。困ったことがあったら、話をしにおいでよ」

笑顔で言った。

「じいちゃんは、漁に行っているの」

「うん」

老体に鞭打って、舟を出している。泰吉も、暮らしのためにたいへんなのだと感じた。

泰造さえ生きていれば、老人も子どもも、何事もなく過ごしてゆくことができた。

後ろめたい思いをさせることもない。

悪いやつらを、改めて憎いと思った。

「じゃあ」

姉弟の家を出て、おトヨは松岸屋へ向かった。常より足を速めた。道に人影は見当たらなかった。

そこでいきなり、前を塞ぐ者が現れた。深編笠を被った侍が横の草むらから現れ、おトヨの前に立ちはだかった。すり抜けようとしたが、強い力で肩を摑まれた。ぐいと侍の方に体を引かれた。手足をばたつかせたが、ぴくりともしない。深編笠の中の顔が見えた。前に問いかけをされた侍だった。あのときとは比べ物にならないくらい怖い顔だった。

声を上げようとしたが、出せなかった。下腹に拳を突き込まれた。息ができない。気を失った。

第五章　祠の篝火

一

　納場や波崎屋が次にどういう動きをするか。まったく見えない。小野田孫兵衛が銚子にいる間は、こちらから動くのは控えるべきだと正紀は考えていた。

　後、三、四日のことである。それまでの辛抱だ。

　正森には、松岸屋の敷地から出ないようにと千代を通して、伝えていた。今のところ勝手な真似はしていない。

　昼下がり、何もなければ浜は長閑だ。寄せては返す波の音が、心地よく耳に響いてくる。

「おトヨは、まだ帰らないのかい」

214

千代が、女中の一人に問いかけているのを、正紀は耳にした。案ずる気配が、声にあった。

「何か、気になることでも」

正紀は問いかけた。

「甲子右衛門さんのところへ使いに出したおトヨが、まだ帰らないんですよ」

とっくに戻ってきていいはずだという。

「まさか一人で行ったんじゃないわよね」

「でも他の奉公人は皆屋敷におります」

他の女中が細い声で答えた。

「何かあったのかもしれない」

千代が不安そうに呟いた。

仕掛けてきたかと、正紀はどんと胸を突かれた気がした。源之助を甲子右衛門の家へ走らせた。嫌な予感がした。

源之助は、さして間を置かず戻ってきた。

「届け物を置いたら、すぐに引き上げたそうです」

千代の顔が、強張った。物事に動じない女だが、悪い方へ悪い方へと考えを巡らし

ているのだろう。

「寄り道をすることは、考えられますか」

「あの子が寄り道なんて」

　考えられないという顔をしたが、思いついたらしかった。動揺はあるが、取り乱してはいない。

「寄るとしたら、泰造さんのところくらいでしょうか」

　おやすと一太姉弟を可愛がっていたそうな。

　それで今度は、正紀も源之助と共におやすのところへ行った。

「ええ、おトヨさんが来てくれました。あたしたちがどうしているか、案じてくれたんです。飴もくれて」

　しかし長居をしたわけではなかった。その後のことは分からない。

　そこで近所の家で、訊いてみた。

「さあ、何もなかった気がしますけどね。声が上がれば、分かりますよ」

　漁師の家が、並んでいる。気付かれなかったということは、声を上げる間もなく、気絶をさせられたのか。

「攫われたのでしょうか」

「ないとはいえないだろう」

おトヨが一人で出かけたのは確実だ。不安は高まる一方で、源之助も顰め面をしている。食事の世話をしてもらうだけでなく、親しく話をしているから、人一倍身を案じているようだ。

ともあれ松岸屋の奉公人すべてが、手分けして近隣を捜した。事があった場合を考えて、正紀と青山は残った。

おトヨを見かけた者はいないか、変事はなかったか、訊いて回らせた。飯貝根は、広い集落ではない。四半刻もすると、皆が戻ってきた。

「変わったことがあったと言う者はいませんでした」

人のいない隙を狙って、襲ったようだ。

「人目にさらせるわけがないから、駕籠か荷車の中に隠したのであろう」

「舟で運び出したかもしれません」

聞き込む範囲を、集落の外に広げた。不審な駕籠や荷車、舟がなかったかも確かめさせる。

「深編笠の侍が、近くの船着場から、小舟で外川方面へ出て行く姿を見たという者がおりました」

駆け戻ってきた植村が言った。娘の姿はなかったらしいが、気絶させて船底に寝か

せ、藁筵でもかければ、誰にも分からない。

「それですね」

青山が言った。

ただ他にも、一人乗りの漁師の舟が、利根川方面へ行くのを見たと告げた者がいた

とか。遠くて、顔は分からなかった。

どちらであっても、おかしくはなかった。

飯貝根の集落は、物置小屋まで一つ一つ捜したが、おトヨの姿は見当たらない。舟

が出てゆくのを見た者がいただけだった。

「攫ったのは、納場らに違いありません」

植村に言われるまでもない。

「殺すのでしょうか」

千代が青ざめた顔で言った。

「それはないでしょう。正森様をおびき出すのに使うのではないかと」

正紀の言葉に、一同は頷いた。それぞれの中で憤怒が湧き上がっているのが分かる。

「酷いことをされていなければいいのですが」

母親代わりの千代としてみれば、居ても立ってもいられないだろう。

「しかし娘を攫って正森様を呼び出し、小浮様と同一人物と確かめても、公の場には出せないのではないでしょうか」

「小野田殿までが、犯行に加わったことになります」

青山の言葉に、源之助が続けた。

小野田は、小浮が正森ではないかと探ろうとしているのは確かだ。納場から頼まれたからだと察せられるが、悪事の仲間に加わってのことかどうかは分からない。

「あの御仁は、利用されているだけかもしれぬ」

加担したところで、小野田にはさしたる益はない。波崎屋が金子を出すとしても、一つ間違えば、小野田家は断絶となる。それはないだろうとの判断だ。

「では、どういうからくりになるのでしょうか」

「それはこれから考えるところだ」

「ははっ」

植村は、せっかちなところがある。

「飯貝根にはいなくても、まだ捜しようはあるぞ」

攫った者が誰かはともかく、指図をしたのが誰かははっきりしている。

「まさか、銚子役所ではないでしょう。押し込んでいるのは、波崎屋の納屋あたりでしょうか」

源之助の意見だが、それはなさそうだ。すぐに調べられそうな場所におトヨを置くわけがない。

探りようがない場所を考えるだろうが、そうなると見当もつかなかった。ただ手をこまねいてはいられない。

源之助と植村には、波崎屋に関係した建物を捜させる。土地鑑のある松岸屋の奉公人たちには、それぞれ思いつく場所を捜させることにした。ただ捜す者に何かがあってはならないので、必ず二人以上で動くように命じた。

「攫った者たちは、必ず何か言ってくるぞ」

正紀と千代は、松岸屋で待機する。金目当ての拐かしではないから、どういう手立てでくるかは見えにくい。

この件については、正森にも知らせた。

植村と飯沼へ出た源之助は、納屋を当たる前に、銚子役所まで行って園部を呼び出した。いつもの煮売り酒屋で問いかけをした。

「今日の昼下がり、征之介もしくは鴻山は、役所の外へ出ませんでしたか」

おトヨが攫われたことを伝えた上で尋ねた。

「征之介は出ていない。顔を見た。しかし鴻山は分からぬ」

鴻山は、町の旅籠に逗留しているとか。その方が人の目がない分、動きやすいからだろう。

役所の舟も、使われていないとか。

昨夕、鴻山は役所を訪ねてきた。奥の部屋で父子三人は、ひそひそ話をしていたそうな。

「おトヨが攫われた件は、役所に届けぬのか」

園部が訊いてきた。

「納場や波崎屋が仕組んだことならば、かえって面倒です。こちらで奪い返します。その折やつらを捕らえたら、そのときはお願いいたします」

「もちろんだ。それにしても、卑怯な連中だ」

憤りを顔に浮かべて続けた。

「納場を快く思わぬ者は、役所内にも少なからずいる。小野田殿もいざとなれば、庇うことはなさるまい」

波崎屋が使っている納屋について訊いたが、詳しいことは分からなかった。そこで園部と別れた後、源之助と植村は、湊に並ぶ納屋の一つへ行った。倉庫番におひねりを与え、波崎屋の納屋について尋ねたのである。二棟教えてもらい行ってみたが、おトヨが押し込められている気配はなかった。

二

正紀は、正森と客間で対面した。事がここまできたら、千代に伝言を頼むだけでは済まない。今後のことについても、話をしておかなくてはならない。相手は、正森が表に出ることを求めてくるだろう。

部屋には、他に千代だけがいた。おトヨが攫われた件についてはすでに伝えられているはずだが、これまでの出来事の詳細を改めて話した。

「納場や波崎屋め、おトヨにまで手をかけおって」

気持ちを面に出さない正森だが、怒りを露わにしていた。

「奪い返さねばなりませぬ」

「もちろんだ。ただ死なせはしまい。やつらの目当ては、わしだからな」

今は、おトヨが押し込められているであろう場所を捜していると伝えた。

「こちらが捜して分かるようなところには置くまい」

その通りだが、松岸屋の奉公人たちも、土地の者だった。あるいは探り当てられるかもしれない。

「攫った者は、何か言ってくると存じます」

「うむ。その折には、わしが対応いたそう」

「いや、そうはまいりますまい」

正紀は、意を決して口にしている。

「何だと」

正森は、怒りの目を向けた。

「向こうには、小野田孫兵衛殿がおりまする」

それで意味が通じるはずだ。

「ううむ」

正森は初めて困惑の色を浮かべた。しかしそれは、一瞬のことだった。

「何であれ、おトヨの命は守らねばならぬ」

すぐには手にかけないとしても、いざとなれば何をするか分からない。それだけは

阻まなければならなかった。

「何かあったら、すぐに知らせよ」

そう言い残すと正森は部屋から出た。廊下を行く足音が響いた。

「旦那さまは、おトヨを可愛がっていました。ご自分の孫だとお考えなのかもしれません」

千代が言った。

「そうですか」

正紀の頭に京の顔が浮かんだ。

「京は、血の繋がった孫だぞ」

と文句を言いたい気持ちがあった。不満はあったが、考え直した。京は高岡藩世子の正室である。暮らしは定まっていた。けれどもおトヨには、身寄りがない。そしてすべてが、これからの娘だった。

源之助らが戻って来て、調べの詳細を告げた。

少しずつ、日は西空に落ちてゆく。苛々と焦りながら連絡を待った。裏口には青山を置いた。投げ文な正紀は源之助と植村を、木戸門近くに潜ませた。

どする者がいたら、すぐに捕らえる。不審者が現れたら、指笛を吹くなど合図の方法を決めた。

夕方には〆粕作りの作業は終わるので、常ならばこの時点で門扉を閉じる。しかし今日は、開けたままにした。

表の音に耳を澄ませるが、聞こえるのは波の音ばかりだった。家にいる者は、息を詰めて知らせが来るのを待った。

外から人が現れたのは、そろそろ暮れ六つ（午後六時）になろうかという刻限になったときだった。入口が慌ただしくなった。

気付いた正紀は、入口に急いだ。そして現れた人物を目にして仰天した。

胡麻塩の蓬髪でひげは生え放題、襤褸を身にまとった物貰いの老人だった。汗と埃のにおいが鼻を衝く。汚れた手足は黒ずんでいた。歩き方が、今にも転びそうなほどよたよたしている。

源之助と植村は、思いもしなかった者が現れて、対処に戸惑っている様子だった。

「こ、これを届けたら、二、二十文貰えるって、聞いたからよ」

前歯が欠けていて、聞き取りにくい。しかし言っていることは分かった。結び文と片方の下駄を差し出した。

節くれ立った指が、微かに震えている。

千代が、文と下駄を受け取った。素足のままで、土間に下りていた。

「これは、おトヨの下駄です」

検めた上で、千代は声を上げた。

「それを、どこで受け取ったのか」

正紀が問いかけた。耳が遠いらしく、男は「ええっ」と聞き返してきた。正紀は男の耳に口を寄せて、繰り返した。

「えと、銚子湊の船着場だ」

飯貝根では見かけない者だと、作左衛門が言った。

「こ、この家だと、そこまで、連れてこられた」

「連れてきたのは、何者だ」

「お、男で」

源之助と植村が、外へ飛び出した。男というだけでは、捜しようがない。しかし耳の遠い物貰いの爺さんには、一つを問いかけるのにも手間がかかった。

「ぜ、銭は、ど、どうなるんで」

物貰いは、それが気になるらしかった。作左衛門が、銭二十文を与えた。

受け取った文を、正紀が開いた。

『おトヨをお預かりいたし候　取り返したくば　小浮森蔵殿おひとりで　直ちに千
騎ヶ岩へ来られたし――　他の御仁は無用　十両をご用意されたし』

一同で読み回した。

千騎ヶ岩の地名を、正紀は初めて耳にする。外川の集落に近い、犬若岬のあたりに
あるそうな。源　義経が千騎の兵と立てこもったという謂れからついた名で、奇岩
の聳える海際の場所だと作左衛門が説明した。

「直ちにというのは、こちらに余計な細工をさせないという意味だな」

正紀は唇を嚙んだ。

外へ出た源之助と植村が戻ってきた。

「道にはそれらしい者はおりません」

闇に紛れて、捜せなかったようだ。相手は捜せないように、仕組んだのである。物
貰いの爺さんは、明日まで留めおくことにした。

そして正紀は、文があったことを正森に会って伝えた。

「わしは参る。その方らは、来てはならぬ」

即答だった。

「いや、お待ちください」

正紀は言った。そのまま続けた。

「やつらの狙いは、小浮様が大殿様だと暴くことです。そのまま行かれては、敵の思う壺です」

「では、どうしろというのか」

正森は苛立たしそうに答えた。

「代わりに、それがしが参ります」

闇夜なので、提灯の淡い光でははっきり顔は分からない。もちろん近くには、源之助や青山らを忍ばせる。どうしても正森が来るというのならば、闇の中に潜んだまま来てもらう。

正紀が考えた手立てだった。

「われらの狙いは、おトヨを奪い返すことでございます」

「分かった。そうしよう」

正森も、怒りに駆られてことをなすほど浅慮ではなかった。

「ではこれを」

千代が、十両を袱紗に包んで差し出した。渡すことになるかどうかは分からないが、

ともあれ正紀は預かった。

深編笠を被り、手には提灯を持った。千騎ヶ岩に詳しい奉公人一人を案内にして、犬若岬へ向かった。源之助と青山、植村も闇に紛れてついてくる。正森も、夜陰に身を隠して追ってくる。

土地鑑のない夜の道は、一人では歩けない。月はあるが、時折雲に遮られた。海鳴りも聞こえて不気味だった。

道を進むと、砂浜に出た。人の気配は感じない。しばらく歩くと、黒い影絵のような奇岩が聳えているのが月明かりでぼんやり見えた。

「あれが千騎ヶ岩です」

奉公人が指さした。岩全体が、不気味な砦のようだ。

正紀が頷くと、奉公人は来た道を戻った。

闇の浜辺に、一人で立った。彼方に家の明かりが見えたが、それは外川の集落のものらしかった。聳え立つ岩の間を、提灯で照らした。しかし人は潜んでいなかった。

思いがけず大きな波が来て、足を濡らした。舟で現れることも考えて、海上にも目を凝らす。しかしその気配はなかった。

ただ向こうは、どこかでこちらを見ているだろうと思った。淡い提灯の明かりとは

いえ、目印になっているはずである。

「やつらはどう出てくるか」

正紀は掌に滲み出た汗を、袴で拭いた。

待たされていると、じりじりしてくる。半刻待っても、人は現れなかった。

　　　三

ごうと、海鳴りの音が闇の奥から聞こえた。千騎ヶ岩には、人は潜んでいない。正紀は提灯で照らしながら、一通り調べた。となると、海か浜から姿を現すことになる。

正紀は、そのどちらにも目を凝らし耳を澄ませた。

さらに半刻ほど待った。しかし納場一味は、姿を現さなかった。

闇の中から、足音が聞こえた。はっとして目を向けたが、やって来たのは、正森だった。

「わしでないことに、気付かれたのであろう」

渋い顔で言った。とはいえ、正紀を非難しているとは感じなかった。

源之助と青山、植村も姿を現した。千騎ヶ岩にいることは無意味だった。五人は松

岸屋へ戻った。

千代と作左衛門は足音を聞いて飛び出してきたが、おトヨの姿がないので、顔を引き攣らせた。

「今夜は現れなかったが、また必ず何か言ってくるであろう」

正森は言い残して、自分の部屋へ戻った。

正紀と源之助、青山と植村、それに千代と作左衛門が一部屋に集まった。

「どこで気付かれたのでしょう。千騎ヶ岩には、着いたときから人の気配はなかったと存じます」

源之助が口を切った。植村が頷いた。

「ここを出るところを、見ていたのかもしれぬ」

今になって考えると、それしかないと正紀は思った。

源之助と植村は、物貰いから聞いて外へ出た。通りを念入りに捜したが、闇夜だった。近所の家の敷地の中に潜んでいたら、見落としただろう。

「そうですね。旦那さまだけに行っていただくなんて、できませんでしたね」

慰めるような口調で、千代が言った。一同、同じ思いだ。

「向こうは、大殿様だけを相手にしたかったんでしょうな」

青山が口にした。小浮の腕を知っているから、さらに助っ人がいたら、姿を現すのを躊躇ったかもしれない。

「破落戸や浪人者は、雇っていなかったのでしょうか」

「分からぬ。ただその者たちは、銭で雇われただけの烏合の衆だ。使い方を考えねばなるまい」

「これでもう、何も言ってこないのでしょうか」

千代が半べその顔で言った。

「それはないでしょう。向こうはまだ、目的を果たしていません」

慰めではなかった。ただ腑に落ちないことがあった。

正森を千騎ヶ岩へ呼び出したとしても、それだけでは向こうの目当ては達成されない。井上正森の顔を知っているのは、小野田孫兵衛だ。小野田をどう使うつもりなのか、そこがまったく見えなかった。

「今夜は、こちらの動きを探ったということでしょうか」

源之助の言葉も、否定はしきれなかった。

万一に備えて、奉公人に寝ずの番をさせることにした。前には、放火を企てられたことがあった。

翌日源之助は、一人で飯沼へ足を向けた。他の者は、松岸屋にいる。何が起こるか分からない。

わざわざ出向いたのは、昨夜の征之介と小野田の動きを訊くためだ。園部をいつもの煮売り酒屋へ呼び出した。このところ続くが、仕方がない。昨夜の千騎ヶ岩のことを話した。

「そうか。攫われた娘を、奪い返すことはできなかったのか」

無念そうな表情になった。気になっていたらしい。

問題の二人の昨夜の動きについて訊いた。園部は、首を捻ってから答えた。

「昨夜征之介と小野田殿が、役所から出たかどうかははっきりしない」

正面玄関は使っていないが、裏口や専用の船着場もある。夜陰に紛れて役所から出ることは、可能だと告げた。明かりを灯したまま部屋を出ることもできるし、明かりを消して寝てしまったことにもできる。

「さようか」

がっかりして肩を落とすと、園部は違うことを口にした。

「小野田殿が、銚子を発つ日のことだが。正式に決まった」

「ほう」

「明後日と決まった。国許に戻られる」

　すると小野田を利用できるのは、それまでとなる。納場や波崎屋は、焦っているだろう。おそらく今夜か明夜が勝負となる。

「今納場も小野田殿も、役所の中にいる。何か企むとすれば、これからだろう」

　礼を言って別れた源之助は、波崎屋へ行った。もちろん、店は開けている。次太郎の姿は、店の奥の帳場にあった。

　近所の者三人に尋ねたが、誰も昨夜の動きなど分からない。店は暮れ六つ頃に閉じられたとか。

　鴻山が逗留している旅籠へも行った。

「お出かけでしたが、六つ半（午後七時）過ぎには、戻っておいでだったと思います」

　番頭が、問いかけに答えた。千騎ヶ岩には行っていそうもない。しかし松岸屋から、正紀らが飛び出す様子は、見られたかもしれなかった。今日も朝飯を済ませると、すぐに出て行ったとか。

正森は自室で書見をしていたが、さすがに文中にのめり込むことはできなかった。

「ふざけた真似を、いたしおって」

おトヨの身も気になるが、納場や次太郎に腹を立てていた。泰造を斬り捨てたのもあやつらだと分かるから、そのままにするつもりはなかった。

「それにしても、小野田がここで顔を出してくるとは驚いた」

日頃は思い出すこともない人物だった。昵懇といえるような相手ではなかった。しかし藩主だったときに、高崎藩江戸留守居役の小野田とは、何度も顔を合わせた。高岡藩上屋敷にも、やって来た。

あの頃小野田は、役目に就いて間もない頃だった。詳細は忘れたが、何かしくじりをして落ち込んでいたときに、「物事は、何とかなるものだ」と言って慰めてやったことがあった。

藩を守る気持ちは強かったが、不埒な者とは感じなかった。納場の悪巧みに自ら加担したとは見ていない。ただ井上正森の顔を知っている。

「確かめていただけまいか」

と頼まれれば、応じるはずだった。

納場は、藩政の表舞台から遠ざけられる者だ。最後の願いくらいは、聞いてやろう

とするに違いない。

さらに正森の考えは、他のところへ行く。もし自分がおトヨを攫ったら、どこへ隠すかと頭を巡らせた。正森は銚子に三十年近く住んでいて、土地鑑があった。人目につきにくく、運びやすいところだ。そうやって、五つの場所が頭に浮かんだ。

「行ってみようか」

と考えた。納場らは何か言ってくるはずだが、それは日暮れてからではないか。それならばまだ、だいぶ間がある。

向こうから告げられて出向くのでは、充分な用意をした罠に踏み込むようなものだ。それでは、一人では救い出せない。しかし場所が分かって様子を窺い、昼間いきなり襲えば、一人でも助けられると考えた。

「明るいうちならば、油断をしているだろう。見張りが一人二人いるだけかもしれない」

必要ならば、正紀らを呼べば済む。思いついた場所にいなければ、戻ってくればいい。

幸い廊下や庭には、人の姿がなかった。庭に繋がる船着場へ出た。釣り用の小舟が舫ってある。日頃正森が使っていた。その舟に乗り込んだ。櫓を漕

ぎ始める。波は穏やかだった。

まず行ったのは、外川の岩場の、千騎ヶ岩に近いあたりだ。ここには、漁具を置く小屋がいくつかあった。

舟から降りて、一つ一つ当たった。しかし気配はなかった。

次は浜に沿って、利根川の河口近くまで行った。笠上という村があって、ここには村の鎮守の笠上神社があった。無住の社で、境内には祠がある。縛った娘を置いておくには手ごろな大きさだった。

正森は境内に立ったが、人の気配はなかった。近づいて祠の戸を開けてみた。埃のにおいがしただけだ。

さらに二か所を廻って、次に黒生稲荷へ足を向けた。ここも無住の稲荷だ。小高い丘の上にあって、樹木に囲まれている。木々の間から、間近に海が見えた。

船着場から近いので、舟を使えば手早く目立たぬように祠へ運び入れられ、連れ出すこともできる。

整った石段ではないが、坂道に石が置かれている。正森はそれを踏んで上り始めた。

四

松岸屋を長く空けるわけにはいかない。園部から話を聞いた源之助は、すぐに松岸屋へ戻ることにした。おトヨに関しての指図があったら、人数は一人でも多い方がいい。

「おや、あれは」

松岸屋へ向かう道すがら、源之助は通りを歩いてくる中年の女に目が留まった。鴻山が投宿している旅籠の女中である。問いかけはしていないが、顔を見た覚えはあった。

旅籠では番頭に問いかけをして、鴻山が戻ったおおよその刻限が分かった。動きの一部が窺えたわけで、女中も何か気付いていればと考え、近づいて声掛けをした。

「そなたが働く旅籠に、鴻山という侍がいるはずだ。訪ねたがいなかった。どこへ行ったか分かるか」

多少嘘が交じったが、気にしない。女中はわずかに考えるふうを見せてから答えた。

「分かりません」

それが当然だと思うから、がっかりはしなかった。しかし女中は、意外なことを口にした。

「今、歯櫛明神（はくしみょうじん）近くの船着場で、誰かを待っている姿を見かけましたよ」

「さようか」

腹の奥が熱くなった。歯櫛明神というのは、利根川の河口にある社だそうな。女中はその近くの縁者の家へ行って、その帰りだと告げた。

「では舟が停めてあったな」

「はい。小さな舟ではありませんでしたね。詰めれば七、八人くらいは乗れそうな」

「それで、誰が来たか」

「いえ。通りすがりに見ただけですから、その後のことは分かりません」

これだけでも充分な収穫だった。歯櫛明神近くの船着場の場所を教えてもらった。

七、八丁（約七百七十から八百八十メートル）ほどの距離だ。

源之助は、すぐにその場所へ急いだ。歯櫛明神は鳥居が目印になった。近くには船着場もあった。しかしすでに鴻山の姿はなかった。舟もない。男の子が数人、棒を振り回して遊んでいるだけだった。甲高い声が響いている。

その中の、一番年嵩の子どもに問いかけた。

「ここに舟が停まっていたはずだが」

「うん」

「その舟には、どういう人たちが乗ったか見ていたか」

「ええとね、浪人みたいなお侍と怖そうなおじさんたちが、五、六人だった」

「もっといたよ」

と口を挟んだ子どももいた。

「舟が向かったのは、どちらだ」

「あっち」

岸に沿って、外海の方だ。

「そうか」

向かった場所は分からないが、不逞浪人や破落戸を雇ったことは分かった。今日も小浮森蔵の呼び出しはあるだろう。そのための用意をしているのははっきりした。

源之助はこれで、松岸屋へ戻った。

「そうか。小野田殿が銚子を離れる日が分かったことと、鴻山が人を集めたのがはっ

きりしたのは大きいぞ」

源之助から話を聞いた正紀は言った。今夜仕掛けてくるのは明らかだ。今は青山と植村が、松岸屋の木戸門近くで不審者が現れるのを見張っている。

そこへ千代が、不安の表情で姿を見せた。

「旦那さまが、おいでになりません。気をつけていたのですが、少し目を離した隙に、出て行ってしまいました」

「舟は」

「ありません。それでどこかへ行ったんだと思います」

怯えていた。

「投げ文のようなものは、あったのでしょうか」

「いえ、なかったと思います」

昨夜の物貰いの爺さんは、頼んだ者について何も分かっていないので、今朝になって放免した。

「出たのですか」

「思い当たる場所を、捜しに出たのかもしれません」

「ないのに、出たのですか」

可愛がっていたおトヨを攫われて、正森は苛立っていた。

「ならば我らは、お帰りを待つしかあるまい」

土地鑑のない者が無闇に捜しても、どうなるものでもない。

一同は、じりじりしながら、正森の帰りと、新たな文を待った。

その間に、正紀は甲子右衛門に腕っぷしの強い漁師を三人助勢に頼んだ。向こうが十人前後いるならば、こちらも数を揃えなければならない。ただこれから見聞きすることについては、口外をしないという約定を交わし、口の堅い者を選んでもらった。

だが大怪我をさせるわけにはいかないので、刀を抜いて戦うのは正紀ら四人が中心だった。

「あっしに、やらせていただきますぜ」

三人のうちの一人が、末吉だった。泰造が殺され、おトヨが攫われた。自ら助勢を申し出たのである。

「それにしても旦那様は、どうしておいででしょうか」

「まさか旦那に限って、不覚を取ることはねえでしょうが」

他の者が口にした。

そして暮れ六つ間際、今度は物貰いの老婆が、結び文を持って松岸屋へ現れた。

黒生稲荷へ、今すぐ小浮だけが十両を持って来いとあった。老婆は、見覚えのない

侍に文を届けろと命じられたと告げた。

千代や作左衛門など土地の者から、黒生稲荷の場所や地形について聞いた。

「木が繁っていて、暗くなったら身を隠すには事欠かねえところです。あっしは何度も行っていますから、様子は分かります」

末吉が言った。

小浮だけが来いという指示だが、従いたくてもできない。深編笠を被った正紀が、今回も小浮森蔵として出向くことにした。

陸路で、末吉が提灯を持って案内する。

源之助と青山、植村、それに助勢の漁師たちは、舟を使って黒生の船着場へ向かった。

漁師たちも、それぞれ棍棒や鳶口などの得物を手にしていた。

刻が戻る。そろそろ夕暮れ時だ。黒生稲荷の石段を、正森は上ってゆく。あたりに目を配る。誰か現れたら、木陰に身を寄せなくてはならない。西日の当たらないこのあたりには、すでに足元に薄闇が這い始めていた。

祠が見えるあたりまで来て、正森は道から外れた。人の気配を感じたからだ。それも一人二人ではなかった。草木の間から、様子を窺った。

「おお」

言葉を呑み込んだ。まず目に入ったのは、祠の前に立つ、四人の浪人者や破落戸と
いった悪相の男たちだった。

様子を見ていると、祠の扉が開いて、出てきたのは征之介だった。これで正森は、
祠の中におトヨが押し込められていると確信した。

征之介だけならば、斬り捨ててしまえばいい。正紀らを呼ぶまでもない。こちらか
らの奇襲は予想していないから、浪人者には気の緩みが見て取れた。

ただ祠の中や境内の他の場所に誰かいれば、話は別だ。それを確かめなくてはなら
ない。　賊を斬り捨てている間に、おトヨに危害が加えられては元も子もない。

祠は、丘の頂近くにある。　正森は物音を立てないように注意をしながら、祠の裏
手に回った。こちらには、人の姿はなかった。

そこで正森は祠に近づいた。　祠は古い建物だから、壁に小さな隙間があった。そ
から中を覗いた。

縛られたおトヨがいて、ぐったりとした様子で壁を背に座らされている。狼藉を受
けた気配はなかったが、それでも髪は少しばかり乱れていた。

その姿を目にして、正森は胸に錐を刺し込まれたような痛みを覚えた。

他に、人は二人いた。破落戸は、長脇差を腰にしている。ここまでで確かめられた人数は、征之介と六人の浪人者や破落戸だった。鴻山や次太郎の姿はない。雇われた者は、他にもいるかもしれなかった。

祠の中の二人を、一瞬でも外へおびき出せれば何とかなるかと考えた。遠慮なく斬り捨てる。

地べたの石ころを拾った。

しかし新たな足音が、祠の向こう側から聞こえた。見えないが、二、三人はいる。これで十人ほどになったはずだ。

話し声から次太郎らしい者も交じっているようだ。まだ増えるかもしれない。

「おのれっ」

こうなると、どうにもならない。

「祠の周りを見張れ」

征之介が命じた。足音が、祠の裏側にも近づいてくる。林の中には駆け込めない。

正森は祠の縁の下に身を隠した。

縁の下から、外の様子を窺った。賊は、全員顔に布を巻いていた。

征之介と浪人者と破落戸の二人だけを残して、他の者は林の中に姿を隠した。

日も暮れかけている。その姿は薄闇の中に紛れた。

すでに松岸屋へは、呼び出しの文は届けているようだ。呼び出した小浮に襲いかかる態勢を整えたのだと推察した。

だが鴻山の姿は見えない。松岸屋を見張っているのか。

こうなるともう、境内からは出られない。正紀らが来るのを待つしかなかった。

あたりは徐々に暗くなってゆく。祠の前に篝火が焚かれたのが分かった。龕灯も用意されている様子だった。

正紀は、黒生稲荷の鳥居の前に立った。ここで案内をしてきた末吉が離れた。末吉は、源之助らと合流して、敵の襲撃に加わる。

船着場には、源之助らが乗ってきた舟が置いてある。奪い返したおトヨは、これに乗せて松岸屋へ運ぶ。

「よし」

正紀は腹に力を入れてから、闇の石段を上る。提灯を手にしているが、千騎ヶ岩のときのように、顔に明かりが当たらないように注意した。

「今夜こそ、やつらは現れる」

一歩一歩、足を踏みしめながら上った。背後から、波の音が聞こえてくる。その他
の音は、正紀の足音があるだけだった。

石段を上り終えた先に、篝火が二つ焚かれているのが見えた。その先には、人が数

人入れる程度の大きさの祠があるのが分かった。

その祠の前に、顔に布を巻いた男が三人立っていた。正紀の到着を待っている様子
だった。

数間の距離にまで近づいた。向けてくる目に、憎悪があった。

正紀は、篝火の明かりが当たらない場所で立ち止まった。

「その方、小浮森蔵か」

浪人ではない身なりの侍が、声掛けをしてきた。

五

「いかにも」

正紀は答えた。ぱちぱちと、篝火の薪（まき）の爆（は）ぜる音が聞こえた。

目に見えるのは三人だけだが、少なくとも七、八人が闇に潜んでいるのは明らかだ

った。敵意のこもったいくつもの目が、自分に向けられているのを感じた。

「深編笠を取って、顔を上げていただこう」

横にいた破落戸ふうが、龕灯の光を当ててきた。

「その前に、おトヨが無事かどうか検めたい」

ゆっくりと、できるだけ声を真似て告げた。

注文をつけた目的は安否の確認だけではない。奪い返すには、どこにいるかはっきりさせておかなくてはならない。

「おい」

侍は、傍らにいる浪人者に命じた。

命じられた浪人者は祠の中に入り、縄をかけられた娘を引きずり出した。顔に龕灯の明かりが当てられた。

強張ったおトヨの顔が確認できた。そして今度はお前の番だと言わんばかりに、龕灯を顔に向けられた。

正紀はここで躊躇った。源之助や青山らが、どういう位置にいるか見当がつかないからだった。おトヨを無事に救い出すことは、正紀一人ではできない。

するとここで、短い指笛がぴっと鳴った。気をつけていなければ、聞き逃してしま

いそうな音だ。それは源之助が、近くまで寄って来たことを伝えている。

正紀は、刀の鞘に隠していた小柄に手をかけた。

だがこのときだ。祠の縁の下から、黒い影が飛び出した。侍のようだ。すでに刀を抜いていた。

黒い影はおトヨの縄を握る男に斬りかかった。

「わあっ」

絶叫が上がった。斬られた体から血飛沫が上がった。鮮やかな一撃だった。斬られた浪人者は、そのまま地に斃れた。

おトヨの体が、地べたに放り出された。

あっという間のことだ。

放り出されたおトヨの体は、黒い影が抱きかかえた。

正紀は、この間に刀を抜いていた。おトヨを抱きかかえた影は、この場から去ろうとしている。傍にいた侍は、抜いた刀を影に向けて振り下ろした。

正紀は前に飛び出して、その刀身を撥ね上げた。そのとき龕灯が、おトヨを抱いた影を照らした。背中が見えた。

近くにいた正紀には、それが正森だと分かった。

「やっ」

鞘の小柄を抜くと、竈灯で照らす者に投げた。正森の顔を、照らさせるわけにはいかない。

おそらく納場らは、どこかから小野田孫兵衛に小浮森蔵の顔を検めさせようとしているのに違いなかった。

刀を撥ね上げられた侍が、二の太刀を振り下ろしてきた。

その一撃を、正紀が払うのは無理だった。もう遅い。肩先を裁ち割られるのを覚悟したが、そこへ別の刀が突き出された。襲ってきた切っ先が、撥ね上げられた。

現れたのは、源之助だった。

命拾いをした正紀だが、後のことはかまわない。

「こちらへ」

正森の腕を引いた。闇の中に、身を投じたのである。草木の坂を下ってゆく。背後で、争う声や音が聞こえた。

坂を下りきり、境内から外へ出た。正紀と、おトヨを担った正森は船着場へ走った。

「あの舟です」

船着場では、末吉が待っていた。提灯を掲げて目印にしている。おトヨを乗せたら、すぐにこの場から離れる段取りになっていた。

しかし突然、目の前に黒覆面の侍が現れた。　月明かりが、その姿を照らしている。

「行ってください」

「うむ」

正森は、おトヨを抱いたまま舟に乗り込んだ。これを追おうとする黒覆面に、正紀は斬りかかった。脳天を割ろうという上段からの一撃だ。

相手は受けざるをえない。振り返った刀で、正紀の刀身を撥ね上げた。その間に、正森とおトヨを乗せた舟は、船着場から離れた。

「たあっ」

しかし舟を見送る暇はなかった。黒覆面の一撃が、正紀を襲ってきた。体を斜め前に飛ばして、迫ってきた刀身を払った。

相手の肩が、目の前に現れた。これをめがけて、斜めに刀身を振り下ろした。それを察した敵の動きは速かった。一気に身を引いて、防御の体勢を取っていた。

空を斬った正紀の刀身は、その守りを崩せない。

打ち込んだ刀身は、軽々と弾かれた。

直後、相手の切っ先が前に飛び出してきた。喉元を突いてくる勢いだ。利き足を溜めた上での攻めだから、力がこもっている。

次の攻撃はできなかった。体を横に飛ばしながら、下へ払うのがやっとだった。

敵は動きを止めない。回転した切っ先が、正紀の二の腕を目指して振り下ろされた。

正紀は体を横にしながら、元の位置から刀身を振り下ろした。構え直したら、ぶすりとやられる。

刀身と刀身がぶつかり合って、高い金属音が響いた。柄を握る掌が痺れた。

けれどもそれで、動きを止めるわけにはいかない。

「やっ」

刀を引く相手の肘（ひじ）に向かって、正紀は刀身を振り下ろした。

だがその反応は、速かった。切っ先を躱（かわ）した敵の刀は、こちらの小手を突いてきた。

正紀は腕を引いたが、袂（たもと）を斬られた。刀の軌道が一寸（約三センチ）ずれていたら、腕はどうなっていたか分からない。

見事な腕だが、それで怖気（おじけ）づいたわけではなかった。正紀は躱された刀身を、角度を変えて前に突き出した。

敵も同時に刀身を突き出していた。刀身同士が絡み合って、がりがりと音を立てた。

膂力に自信があるらしく、力押しをしてくる。じりじりと押された。

さらに引けば、そのまま切っ先を突き込まれそうだ。

渾身の力を込めて、押し返した。

ここで正紀は体を斜め前に出しながら、刀身を外した。相手の刀身は、それを待っていたかのように迫ってきた。

正紀はそれを見越していた。突き出された腕を、下から切っ先で突き上げた。

「うわっ」

肉を裁つ手応えが、掌に伝わった。相手の左の二の腕を裁ち割っていた。

刀が闇に飛んだ。相手は地べたに片膝をついた。その左腕を摑んで、手拭いで腕の根元を縛り上げた。止血をしたのである。その上で、相手の刀の下げ緒で縛り上げた。

ここで顔の布を剝ぎ取った。鴻山鉄之介だった。

刻はわずかに戻る。

源之助が指笛を鳴らすと、潜んでいた青山らは得物を手に、賊たちに躍りかかっていた。

どこに潜んでいるか、それぞれに見当をつけていた。

一番にすべきことは、おトヨを奪い返すことだ。源之助は、他の者には目もくれず、連れ出されたおトヨを目指して駆け込んでいた。

祠の下から黒い影が現れたのには仰天した。しかしそれが正森であることは、すぐに察せられた。

正紀は、身を挺して黒い影に斬りかかろうとする刀身を撥ね上げた。そのとき龕灯の明かりが正森の背中を照らした。正紀はその男に小柄を投げたことで、覆面の侍からは無防備な体勢になった。

刀身を撥ね上げ、間に入ることでおトヨらを逃がすことができた。敵は目の前にいるから、三人が逃げる姿を目にすることはできなかったが、正紀と正森ならば、何とかすると考えた。

源之助は上段から襲ってきた刀身を撥ね上げた。そのまま相手の肩めがけて振り下ろしたが、空を斬っただけだった。

相手は身を引いていた。

「このやろ」

背後で誰かが叫んでいる。覆面の者たちと、青山や植村、漁師たちが争っていた。

源之助は、引いた体を目指して、さらに一歩前に踏み出した。同時に刀身を突き出している。避けなければ、心の臓を一突きだ。

相手は予想通りに払い上げると、今度は前に出てきた。斜めに振り下ろしてくる一

撃だ。風を斬る音がした。

がしと音を立てて、源之助は刀身を受けた。腰を据えていたから、衝撃は少なかった。直後には、切っ先を相手の肘めがけて突き出していた。しかしそれはあっさり払われた。

「くそっ」

相手の腕は、なかなかだ。こちらよりも上かもしれないと思ったとき、変事が起こった。

闇の中から、新たな侍十人ばかりが現れた。顔に布を巻いてもいなかった。浪人者ではなかった。襷掛けで袴の股立ちを取っている。

篝火の傍まで出てきた侍が、声を上げた。

「それがしは、高崎藩の小野田孫兵衛である。娘を攫った狼藉者を捕らえる」

闇に響く声だった。

新たに現れた侍たちが、覆面の賊に襲いかかった。

「わあっ」

驚いたのは、賊たちだ。頭数では、高崎藩の侍の方が多い。

覆面の浪人者や破落戸たちは、動揺したようだ。散り散りになって逃げた。逃げき

れず、斬られた者もいる。

源之助と対峙していた侍も、逃げようとした。

しかしそうはさせない。斜め後ろから、源之助は肩をめがけて刀身を振り下ろした。

相手は、源之助の刀身を躱すことができなかった。骨と肉を裁つ手応えが、掌に伝わった。

相手は刀を取り落とした。ふらつく相手の体を、源之助は地べたに倒した。

ここで顔の布を剥ぎ取った。征之介だった。苦痛に歪んでいるが、誰の顔かは一目瞭然だった。

「ううっ」

正紀が、縛り上げた鴻山を引き連れてきた。

「こ、こやつらが、娘を攫ったのか」

小野田が呻き声を上げた。信じがたいという顔だった。しかし争う場を見ていたのは間違いない。

青山が、納場の腕を摑んで現れた。

「この御仁も、仲間でござる。こちらの漁師を斬ろうといたした」

また植村は、闇に潜んでいた次太郎を捕らえてきた。

六

「これはいったい、どういうことでござろうか」

おトヨを救い出し、舟で運び出したことを伝えた上で、正紀は小野田に問いかけた。

正紀が賊の一味でないのは、はっきりしている。向けてくる眼差しは好意的だった。

「拙者は、納場から娘が攫われた一件を聞いた。銚子役所としては、事件を知れば捕り方を出すのは当然だ」

納場は、飯貝根の漁師から聞いたことにしたらしいが、征之介らが動いていたのだから初めから知っていた。共に企んだと見るのが正しい。

娘が黒生稲荷に押し込まれていると伝えたのは、征之介だそうな。いけしゃあしゃあと、己が探り当てたと告げたらしい。

出向くにあたって、納場は小野田に同道するように伝えた。

「罪のない娘を、十両の金のために攫うなどけしからぬ話だ。そこで拙者も、一役買うことにした」

「他には」

「いや。納場から、小浮森蔵も来るので顔を検めてほしいと告げられた」

「なるほど」

小野田に小浮の顔を見せるための企みだったと、これではっきりした。十両などついでだ。

おトヨを攫った者を捕らえるとして、納場は小野田を同道させ、役所の藩士を引き連れて黒生稲荷へやって来た。そこで小浮の顔を照らして検めさせ、正森であることを確認させようとした。

その後で、配下の藩士たちで、賊を捕らえおトヨを救い出す。浪人者や破落戸たちは逃がしてもかまわない。征之介と鴻山は、状況を見て気付かれぬように争いの場から姿を消すという筋書きだったようだ。

場合によっては覆面を取って、賊を捕らえる側に回る手筈だったのではないか。

しかしやつらの企みは、潜んでいた正森が現れたことで頓挫（とんざ）した。おトヨを奪い返された。

そして征之介と鴻山は、斬り合いの果てに捕らえられた。その場にいた次太郎も捕らえられた。次太郎は覆面をしていたので、賊の仲間とされた。

焦った納場は、襲ってきた漁師を斬ろうとした。その場にいた次太郎も捕らえられた。

顔を隠そうとしたことが、逆に己が悪党の仲間であるこ

とを明かしてしまった。

「ともあれ娘が無事であったのは、何よりだ」

小野田は、安堵の表情をした。

「まことに」

「納場は、倅に娘を攫わせ、己が助けるというふざけた企みをしおった」

苦々しい顔になった。

「そなたは、小浮森蔵殿ではなさそうだが」

それから思い出したように問いかけてきた。

八十一歳には見えないだろう。

「いえ、それがしは松岸屋に逗留する高岡藩士でござる。小浮殿は、まだ熱が治まら

ず、病の床に臥しております」

「おお、そうであった。大事にいたすよう」

「畏まりました。お伝えいたします」

「拙者は納場に頼まれて、松岸屋へ顔を検めに参った。八十一歳のお顔を拝見したか

ったが、無礼なことをいたした」

謝罪をしてから、小野田は連れ立ってきた高崎藩士に、捕らえた者を銚子役所へ運

ぶように命じた。自力では歩けない征之介は、戸板に乗せて運んだ。

正紀らは、松岸屋へ引き上げた。顛末を正森に伝えた。

「此度の働きは、迅速であった」

初めて正森は、正紀と源之助、青山と植村にねぎらいの言葉をかけて寄こした。

「昨夜は、ありがとうございました」

翌朝、おトヨは正紀や源之助など救出に向かった者のところへ、礼を言って回った。

「うむ無事で何よりであった」

捕らえられたのは二日間のことだが、まだ蹇れた顔だった。よほど怖かったらしく、千代の顔を見たときは走り寄り、胸に顔を埋めてしばらく幼子のように泣いたとか。

それでも今朝は、いつものように起きて、朝飯の支度をした。千代は一日休めと言ったが、体を動かしている方がいいと答えたと聞いた。気丈な娘だった。

昼下がりになって、園部が松岸屋を訪ねてきた。正紀は高岡藩士として源之助と共に話を聞いた。

「おトヨを攫った者として、捕らえた納場らを、小野田殿が役所で問い質しをいたした」

その内容を、知らせに来てくれたのである。

「征之介と鴻山の具合は」

「重傷だが、命に別状はない。問い質しにも、答えることができた」

二人とも覆面をした賊として捕らえられたのは事実だから、おトヨを攫ったことは素直に認めた。次太郎も同様だ。

納場は初め関与を否定したが、漁師を斬ろうとしたことや、倅二人が主犯格であったことで、知らなかったでは済まされなかった。三月の船ごと奪った〆粕千俵の件もある。

「捕らえられた四人は、死罪となるであろう。納場家は取り潰しとなる」

当然の結果だと思われた。

千騎ヶ岩には、小野田も納場も行っていなかった。こちらがどういう動きをするか、確かめるつもりだったらしい。

「泰造殺しについても、征之介が認め申した。生き延びる道はないので、自棄になっているところもござった」

次太郎と共に使った舟について、貸した漁師を白状した。殺した動機は、こちらが予想した通り、失った仕入れ先を取り戻すことにあった。

「自白は手間取ることもなく進んだが、納場も倅たちも、一つだけ譲らないことがあ

り申した」

「何でござろう」

正紀と源之助は顔を見合わせた。

「小浮森蔵殿は、井上正森様であると言い張ったことでござる」

「なるほど」

せめて高岡藩と相討ちということか。だからこそ、おトヨを攫うという危ない橋を渡ろうとしたのである。

「それで」

「小野田殿が一喝された。小浮森蔵殿は、井上正森様ではない。それは拙者が確かめたと申されてな」

「さようで」

正紀としては、胸を撫で下ろした。藩士三人の身柄は、高崎の国許へ運ばれるとのことだ。

「次太郎は、銚子で処罰されまする。加えてあやつの罪については、江戸の町奉行所へも伝えられる」

「江戸の波崎屋は、どうなるのでござろうか」

これは気になるところだ。

「今朝のうちに、藩の者が飯沼の店に入り、しまってあった文を召し上げた。その中から、一件を指図する五郎兵衛の書状が見つかり申した」

犯行を知らせる書状と共に五郎兵衛の書状も、江戸の町奉行宛に送られる。五郎兵衛からの書状には、鴻山が房太郎を襲ったことについても記されていた。

「ならば江戸の波崎屋も、ただでは済みませぬな」

園部は、五郎兵衛も死罪、店は闕所となるのではないかと話した。

房太郎も、ほっとするだろう。

これで正紀は、銚子にいる用はなくなった。千代に、明日にも引き上げることを伝えた。すると千代は言った。

「今日の昼前に、泰吉さんや磯吉さん、綱次郎さんと豊次さんが、訪ねてこられました」

「ほう」

「この四人は、獲れた鰯を波崎屋へ卸すことになっていました。しかし波崎屋はなく

昨夜の出来事は、すでに銚子中に知られているらしかった。噂が伝わるのは早い。

泰吉らも耳にしたらしかった。

「不漁でなければ、あの四人で、年に百俵から百五十俵は獲ります」

「…………」

「〆粕と魚油には私どもでいたしますが、それを高岡藩で仕入れてはいかがでしょうか」

願ってもない申し出だった。しかし仕入れるには、種銭がいる。その貯えは、高岡藩にはなかった。

乗れる話ではない。だが千代は、それは承知の上だという表情で頷いた。

「松岸屋でお貸しいたします。儲けの中から、徐々にお返しいただければ結構です」

「さようでござるか」

大助かりだ。飛び上がりたいほどの気持ちだった。

「これは正森様も、ご存じでしょうか」

ここははっきりさせておかなくてはならない。

「はい。旦那さまからの、お指図です」

隠居後、正森は初めて藩を助けてくれた。

「それでは、お礼を申し上げなくてはなりませぬな」

正紀の正森を見る目が、はっきり変わった。藩への思いは分からないが、正紀や源之助の労を、口だけではなく藩の実入りという形で報いてきた。侍ではあるが、どこか商人のにおいがする行いだとも感じた。

「お会いすることはできません」

「えっ」

正森は、この件を千代に伝えた後に、旅に出たという。

「気まぐれは、いつものことでございます」

千代はあきらめた口調で言い、さらに続けた。

「皆様のお顔は、見たくないとの仰せでございました」

「はあ」

一気に力が抜けた。正紀は、正森の心中を 慮 った。

「〆粕商いに関わらせてくれたことと、会いたくないは、どちらも大殿様の本音なのであろうな」

胸の内で呟いた。不満はなかった。

七

旅姿の正紀は、源之助、青山、植村と共に銚子湊の船着場に立った。干鰯や〆粕を積んだ五百石船が、今にも出航をしようとしている。

千代と作左衛門、おトヨと泰吉、それにおやすと一太姉弟が見送りに来た。

「ありがとうございました」

おトヨが、改めて礼の言葉を口にした。おやすと一太が、手を繋いでいた。泰吉らが鰯を松岸屋を通して高岡藩に卸すようになって、姉弟は松岸屋へ再び顔を見せた。皆が明るい表情をしていた。

「これからは、銚子湊も高岡藩とは関わりの深いものになりますね」

船に乗り込んだところで、あたりに目をやりながら源之助が言った。今ではその光景が、すっかり目に馴染んでいる。

「それがしは、町の様子に通じておりますぞ」

植村が胸を張った。

荷船が出航した。利根川を遡ってゆく。

正紀はここで、京と孝姫の顔を思い浮かべた。孝姫は、一日ごとに成長してゆく。

久しぶりに会うのは楽しみだが、不安もあった。

「おれを覚えているだろうか」

それが気になるところだった。

本作品は書き下ろしです。

双葉文庫

ち-01-46

おれは一万石
大殿の顔

2021年8月8日　第1刷発行

【著者】
千野隆司
©Takashi Chino 2021
【発行者】
箕浦克史
【発行所】
株式会社双葉社
〒162-8540 東京都新宿区東五軒町3番28号
［電話］03-5261-4818(営業)　03-5261-4833(編集)
www.futabasha.co.jp（双葉社の書籍・コミックが買えます）
【印刷所】
大日本印刷株式会社
【製本所】
大日本印刷株式会社
【カバー印刷】
株式会社久栄社
【DTP】
株式会社ビーワークス
【フォーマット・デザイン】
日下潤一

落丁・乱丁の場合は送料双葉社負担でお取り替えいたします。「製作部」
宛にお送りください。ただし、古書店で購入したものについてはお取り
替えできません。［電話］03-5261-4822（製作部）

定価はカバーに表示してあります。本書のコピー、スキャン、デジタル
化等の無断複製・転載は著作権法上での例外を除き禁じられています。
本書を代行業者等の第三者に依頼してスキャンやデジタル化すること
は、たとえ個人や家庭内での利用でも著作権法違反です。

ISBN978-4-575-67064-6 C0193
Printed in Japan

雇われ師範・豊之助　家宝の鈍刀（なまくら）

千野隆司

遺体に残された凶器は、豊之助の弟弟子がつねに腰に差していた家宝の脇差だった。真の下手人を捜す豊之助だったが……。

雇われ師範・豊之助　泣き虫大将

千野隆司

多大な被害を招いた神田上水決壊は人災か天災か⁉　普請奉行に頼まれ探索をはじめた豊之助は、驚くべき真相へ行きついた！

雇われ師範・豊之助　鬼婆の魂胆

千野隆司

居候の父子が狙う仇はどうやら江戸を騒がす火付け盗賊団の頭⁉　豊之助と北山は密かに探索を続けていた。大団円のシリーズ最終巻‼